La música del corazón

Existe un material con sugerencias didácticas y actividades sobre este título que se encuentra a disposición del profesorado en nuestra web.

1.ª edición: febrero de 2025
2.ª reimpresión: enero de 2026

Valentín Beato, 21. 28037 Madrid
www.anayainfantilyjuvenil.com

Ilustración de cubierta: Naranjalidad

Director editorial: Pablo Cruz
Edición: Rocío Alarcos
Asistente editorial: Mercedes González Grande

PAPEL DE FIBRA CERTIFICADA

ISBN: 978-84-143-4277-0
Depósito legal: M-25630-2024
Impreso en España - *Printed in Spain*

La música del corazón

Rosa Huertas

ANAYA

Índice

1. Marina 9
2. Eva 13
3. Luis 16
4. Sandra 22
5. Roberto 26
6. Ludwig 29
7. Rafa 34
8. Toni 39
9. Laura 42
10. Schroeder 45
11. Beethoven 49
12. Marta 52
13. Elvira 57
14. Do, de dolor (y no en el cuerpo) 60
15. Re, de regalo (a modo de canción) 64
16. Mi, de milagro (aunque sea pequeño) 67
17. Fa, de fácil (eso parece) 70
18. Sol, de solución (casi todo la tiene) 74
19. La, de latido (compartido) 78
20. Si, de sinceridad (de ida y vuelta) 81
21. Do, de dominar (la situación) 85
22. Re, de recordar (aunque no se quiera) 88
23. Mi, de misterio (por resolver) 95
24. Fa, de favor (por favor) 99
25. Sol, de soledad (deseada o no) 104

26. La, de laberintos (más de uno) 110
27. Si, de silencios (elocuentes) 113
28. Do, de domingo (por la tarde) 118
29. Re, de reconocer (en los otros) 124
30. Mi, de miradas (cómplices o no) 128
31. Fa, de famoso (todavía no) 133
32. Sol, de soltar (lo que sientes) 138
33. La, de lágrimas 143
34. Si, de sí (afirmativo) 146
35. Do, de dominar (el tema y la situación) 150
36. Re, de revelar (la verdad) 153
37. Mi, de misión (posible) 159
38. Fa, de familia (aunque no sea la propia) 164
39. Sol, el que sale para todos 168
40. La, de lazos (musicales) para siempre 173

Música de *La música del corazón* 181

A Sandra, en quien está inspirada esta historia,
y a los jóvenes cantantes de nuestro coro.
A mis compañeros de En Clave de Barrio.
Gracias por enseñarme la música del corazón.

1. Marina

En cuanto Marina entró en el aula de música se dio cuenta de que a ese coro no se iba a cantar, precisamente. En demasiadas ocasiones, nada es lo que parece.

Sandra, la profesora, se desgañitaba para que la escuchasen: unos cuantos alumnos, con cara de perdidos, parloteaban sin hacerle demasiado caso. Lo habitual, si se convoca a un grupo de chavales un viernes después de las clases.

—Llegas tarde, Marina —advirtió Sandra.

Ella se encogió de hombros y se sentó en la primera silla que vio. A su lado, Eva, la Bolita, como la llamaban en clase, ocupaba el doble de espacio que ella y miraba a la profe con arrobo, como si viese a Dios.

—¿Podemos empezar ya? —dijo Sandra—. Si no hay silencio, no hay coro.

Las palabras hicieron el efecto deseado, poco a poco se fueron callando, mientras Marina observaba a aquella pandilla extraña que se había reunido en el aula de música. ¿Alguno cantaría bien? Lo dudaba.

Marina poseía una hermosa voz, al menos eso pensaba ella. Soñaba con ser cantante, acudir a uno de esos concursos de la tele y resultar ganadora. Así se haría rica y famosa enseguida y podría huir de su casa, de su madre, de los gritos y de los golpes en la pared.

No eran muchos alumnos, escasos para formar un coro decente, y casi todo chicas, aunque se trataba de la primera reunión. Confiaba en que se apuntara más gente y, desde luego, más interesante que los diez o doce que habían acudido ese día. Conocía a algunos: a Roberto, el rarito; a Rafa, su amigo, que era antipático como él solo; a Marta, que nunca paraba de moverse, y a Eva la Boli. Los demás no eran de su clase, los había visto por el instituto, pero no parecían divertidos: ningún chico guapo, ninguna chica popular.

Sandra había empezado a hablar, pero ella no la escuchaba, hasta que de pronto elevó la voz.

—Quiero presentaros a alguien que va a ser muy importante para nuestro coro, se llama Luis y es pianista. Se ha ofrecido a acompañarnos y yo se lo agradezco mucho —dijo sonriéndole—. Vamos a darle un aplauso.

El chico se puso en pie. Marina no se había percatado de su presencia y no le había visto antes por el instituto. Era un chaval alto y delgado, con el cabello largo hasta los hombros y aspecto tímido. Miraba hacia abajo y los aplausos le provocaban más vergüenza que alegría. Los ojos, ocultos detrás de unas gafas redondas, seguían fijos en el suelo. Era mayor que el resto, casi todos cursaban segundo o tercero de ESO, como Marina.

—¿Nos vas a hacer una prueba de voz para ver quién vale para el coro y quién no? —interrumpió Marina.

Sandra la miró muy seria, los demás permanecieron en un tenso silencio.

—Aquí valéis todos. Cada uno tiene algo que aportar, no hace falta tener una voz estupenda, basta con un poco de oído musical, y yo sé que todos lo tenéis. Y también sé que os he dado conocimientos básicos de lectura musical en mis clases. Lo más importante es la responsabilidad, el compromiso para realizar los ensayos y las actuaciones, y que os sintáis miembros del grupo.

—¿No se puede faltar a ningún ensayo? —preguntó Marina, a quien casi todo le daba pereza.

—Será mejor que no.

La chica bufó con descaro y Sandra la miró mal.

—Es una actividad voluntaria, si no te interesa, ya sabes... —dijo señalando la puerta.

Marina se encogió en el asiento. Presintió que aquel coro sería un fracaso: si Sandra se arriesgaba a prescindir de ella, que era sin duda la mejor cantante, el nivel sería desastroso.

—Quiero escucharos solo para ver en qué voz os sitúo: sopranos, contraltos, bajos... Aunque a casi todos os conozco y sé cómo cantáis.

—Yo no quiero cantar sola delante de tanta gente —se atrevió a decir Eva.

—¡Si solo somos diez o doce! ¿Y cuando tengamos que cantar ante un público? ¿Te vas a esconder? —le replicó Marina.

—Está bien —habló la profe, conciliadora—. Vamos con unas notas en escala, todos a la vez, yo pasaré por vuestro lado a escucharos. Cuando veáis que no llegáis al tono, os calláis. Luis nos dará la nota inicial con el piano.

Marina se desgañitó para llegar al tono más alto, quería demostrar quién era: sin duda, la mejor cantante de ese patético grupo.

—Bien, serás soprano —se limitó a decirle Sandra, que parecía poco impresionada por su esfuerzo vocal.

Se oían muchas voces desafinadas, otras excesivamente bajas, como susurros tímidos que apenas alcanzaban a entonar.

—¡Vaya desastre! —musitó Marina, aunque Eva sí la escuchó.

—Y tanto —respondió—. Yo pensaba que era soprano y Sandra me ha colocado con las contraltos —se quejó.

Marina la miró inexpresiva, le importaba un bledo el disgusto de Eva. Cuando salieron del aula, la empujó sin querer y ni siquiera se disculpó.

2. Eva

—Yo quería ser soprano —refunfuñaba Eva camino a casa.

Iba desilusionada, cantar en ese coro era el único aliciente del curso. Apenas tenía amigas ni tiempo para salir con ellas. En casa eran cinco hermanos, ella la mayor y la que debía ayudar con todas las tareas. Mamá no daba abasto con el trabajo y los cuatro pequeños; papá llegaba demasiado tarde. Cantar era lo más apetecible de la semana, cantar con otros para que su voz se diluyera con la de más gente, como si de verdad formase parte de algo que no fuera una familia numerosa.

Sandra había contado con ella desde el primer momento, sabía que le ilusionaría la propuesta. ¡Cantar en un coro! Mientras la gente no se metiera con ella, no estaría mal. A lo de Bolita ya se había acostumbrado. Le molestaba, mucho, pero procuraba no manifestarlo. «Oye, Boli, déjame un boli». Le soltó en tono de broma una compañera el día anterior. Media clase estalló en carcajadas. La miraban de arriba abajo, susurraban, sonreían. Sí, estaba gorda, no hacía falta que se lo repitieran, que se lo recordaran a todas horas. Dolía mirarse al espejo, los evitaba, pero la gente de clase era el espejo más doloroso. Se empeñaba en convencerse de que le daba igual. Total, nadie se iba a fijar en ella. No merecía la pena hacer el esfuerzo; comer le calmaba la ansiedad, comer cuanta más cantidad y menos saludable, mejor. En la nevera de casa no faltaban los refrescos y la comida no era la más adecuada para adelgazar, en una familia donde todos estaban rollizos. «Será la genética», se decía. Pensaba que su vida era un callejón sin salida, aunque en realidad tenía poco tiempo para pensar. No era consciente de que, cuando tienes catorce años, la vida entera y sus posibilidades están por delante.

—¿Qué tal en el coro? —le preguntó su madre nada más llegar.

—Yo quería ser soprano. Y resulta que soy contralto.

—¿Y qué más da? Vas a cantar, da igual una voz que otra.

—¡No es lo mismo! Las sopranos son solistas. Las demás voces, solo acompañamos.

—Habla con la profe. Seguro que ella sabrá solucionarlo.

Hablar con Sandra. Ella sí la entendía bien, era la única persona adulta con la que se podía hablar. Estaba convencida de que había montado el coro por ella, para que no se sintiera sola, para que hiciese algo más que engordar y cuidar de niños pequeños. «Una tarde a la semana seguro que puedes». ¡Claro que podía! Sería el mejor día, desearía desde el lunes que llegase el viernes. Y luego, en casa, se encerraría en su cuarto a ensayar las canciones, una y otra vez hasta sabérselas de memoria, mejor que nadie... ¡Pero no ser soprano...!

—Ayúdame con la merienda de tus hermanos.

La orden de su madre la sacó de sus elucubraciones. Lo haría cantando con el pensamiento ese tema de Sting versionado por Puff Daddy que tanto le gustaba y que Sandra le había prometido incluir en el repertorio de coro. Soñaría que era capaz de subir una montaña sin esfuerzo, que su cuerpo liviano le pesaba poco, que los espejos no eran sus enemigos, que la imagen que le devolvían era agradable. Parecía un sueño imposible. En ese sueño también aparecía Laura, su antítesis, esa chica frágil y escuálida a la que deseaba proteger del mundo y de sí misma. ¿Y si también se apuntara al coro? No se sentía capaz de proponérselo, se lo diría a Sandra, solo ella podría convencerla de que cantar en grupo era una buena terapia para todo, incluso para esa enfermedad que Laura no nombraba pero que se veía en sus huesos y en su rostro afilado. Imaginaba que la abrazaba y que el cuerpo delgado de Laura se deshacía entre sus brazos.

3. Luis

El siguiente viernes la pereza pudo más que ella, y Marina prefirió irse a comer a casa de Claudia, antes que quedarse una hora más en el coro aguantando la indiferencia de Sandra y luego marcharse a casa a soportar los gritos de su madre, que cada vez estaba más desquiciada. Mario, su hermano mayor, huía tanto como ella y apenas lo veían antes de las once de la noche. Nadie le decía nada. Nadie se preocupaba por el resto, eran una familia desastrosa donde reinaba un caos que amenazaba con engullirlos. Mejor en otra parte, lejos. Al menos en casa de Claudia se respiraba paz, comerían bien y luego se tumbarían a escuchar música sin que nadie les hiciera bajar el volumen. Últimamente había perdido a algunas amigas, no la soportaban, acababa peleándose por nimiedades, se volvió intransigente, la adolescencia la hacía sentirse incomprendida. Siempre quería salirse con la suya, cantar sin partitura o hacerlo a voz en grito en casa con la música a todo volumen.

—¿Y dices que te has apuntado al coro? ¿No era los viernes a séptima hora? —quiso saber Claudia.

—No sé si volveré. No hay nadie interesante, es gente rara.

—Como tú, que estás medio chiflada —se burló la amiga.

—Es verdad, yo tampoco soy muy normal. ¿Por qué no te apuntas conmigo?

—¿Yoooo? —rio Claudia—. ¡Si desafino más que un gato!

—Da igual, tendrías que ver al resto. El único que no sobra allí es el pianista.

—¿Un pianista?

—Es un alumno nuevo, debe de ser de bachillerato, no lo había visto antes.

—¿Y está bueno? Eso de pianista suena bien.

—Pues no lo había pensado.

Entonces lo pensó. Era atractivo Luis, con ese aspecto bohemio, el cabello largo, las gafas, la timidez...

—Iré el próximo viernes y hablaré con él, a ver si es tan interesante como tú te crees.

—Y luego me lo presentas.

—De eso nada. Si me gusta, no pienso compartirlo con nadie, y menos contigo.

—¡Mala amiga!

Rieron e hicieron como si se pelearan de broma, rodaron por el suelo de la habitación y acabaron cantando a voces el último tema de Rosalía.

—Cantas fatal —dijo Marina entre risas—. Haces bien en no venir al coro, serías el remate.

Eran más de las siete cuando Marina regresó a su casa. Caminaba despacio, no tenía ganas de volver a un lugar donde no se sentía a gusto. ¿Qué les había pasado? Recordaba una infancia feliz: unos padres cariñosos, una vida plácida. ¿Cuándo se torció todo? ¿Cuando su padre empezó a desaparecer sin motivo aparente? ¿Cuando se desquició su madre y comenzó tanta violencia verbal, tantas palabras hirientes? Inútil, vaga, desagradecida. Marina se creyó todos esos adjetivos que su madre le endosaba cada tarde. «Perdón, perdón», repetía más tarde entre sollozos. Un día, en plena crisis, le lanzó una silla que esquivó por milímetros. La vida era un continuo sobresalto, una caja de sorpresas envenenadas, ¿qué le esperaría aquella tarde cuando llegase a casa?

Le pareció que era él, caminaba unos metros por delante. El cabello a la altura de los hombros, los pasos largos, la estatura. Portaba la caja de un violín en la mano derecha. Debía de ser el pianista. ¡Qué casualidad! Corrió hasta encontrarse a su altura. Era él.

—Hola, pianista.

Luis la miró como si no la conociera, era seguro que se habían visto en el coro, pero él apenas había levantado los ojos de las teclas del piano.

—Soy Marina, del coro.

—Marina —repitió él.

—¿Adónde vas?

—Vengo de clase de violín —dijo señalando la caja.

—¿No te conformas con el piano?

No contestó, se limitó a continuar caminando con la mirada fija en el suelo.

—Hoy no he ido al coro. Tenía que acompañar a mi madre al médico —mintió.

Le pareció la mentira más absurda del mundo, la menos discreta. ¿Y si le preguntaba Luis por la enfermedad de su madre? Por desgracia, se negaba a ir al médico, y no le habría venido mal un diagnóstico y una terapéutica para sus nervios desbocados.

—¿Qué tal ha estado el ensayo? —preguntó antes de que él tomara la palabra.

—Bien.

Permanecieron en silencio, no iba a ser fácil entablar una conversación con el pianista.

—Te llamas Luis, ¿verdad? Y eres nuevo en el instituto. Lo del coro lo harás para conocer gente, pero los que nos hemos apuntado somos una pandilla de frikis, yo incluida. Los demás cantan fatal, casi todos. Pero yo sí que soy cantante.

Marina hablaba de manera compulsiva, como lo hacía en casa ante su familia, y se reía entre frase y frase.

—¿Quieres que te cante algo?

Sin esperar respuesta, comenzó a entonar una canción que le gustaba. Sonaba bien, quienes se cruzaban con ellos la miraban un tanto sorprendidos, los adolescentes no suelen ir cantando por la calle, ¿o sí? Al menos, Luis no parecía avergonzado.

—¿Qué? ¿Te ha gustado? —le preguntó al acabar.

—No está mal. Eres divertida, Marina. Me recuerdas a una amiga. —Su voz adquirió un tono triste.

—¿Era tu novia?

Marina enseguida se arrepintió de la pregunta.

—No, nunca he tenido novias. —Luis se arrepintió de la respuesta.

Iba a preguntar que si acaso había tenido novios, pero le pareció el colmo de la indiscreción.

—Ni yo novios —siguió ella—. En este instituto no hay casi nadie interesante, entre los empollones y los frikis. Oye, tú debes de ser un poco friki también con eso del piano y el violín.

Luis rio, por primera vez, mostrando unos dientes blanquísimos.

—¡Vaya! ¡Si sabes reírte! —exclamó Marina.

—No soy un tío tan raro ni tan serio como tú crees… O quizá sí.

—¿Por qué has llegado tan tarde al insti, en primero de bachillerato?

—Verás... —Permaneció unos segundos en silencio, pensando la respuesta—. Necesitaba salir de allí. Pasaron cosas que deseaba olvidar.

—¡Te hicieron *bulling!*

—No. Prefiero no contarlo.

—Está bien, no insistiré a cambio de que me cuentes algo tuyo que no sepa.

Luis se detuvo y la miró fijamente, tenía gracia aquella chica, ¿podría hacerla depositaria de alguno de sus secretos? La desconfianza era una parte importante de su personalidad. Cuando escoges poner un candado en tu vida, es complicado de romper. En el fondo, vivía encadenado a sí mismo y a los recuerdos.

—Me gusta que me llamen Ludwig.

—¿Ludwig? ¿Por qué?

—Es mi nombre en alemán.

—Eres alemán.

—No, ni nadie de mi familia.

—¿Entonces?

—Eso sería contarte dos secretos y es demasiado para un solo día. Ahora te toca a ti.

—Yo no he dicho que vaya a contarte nada de mí. —Ella se puso a la defensiva.

—Me lo debes, ya te he contado algo. Ahora te toca a ti. Y no vale mentir.

Pensó en soltar la primera mentira que se le pasara por la cabeza, pero no se le ocurría nada original y, mucho menos, creíble. La verdad siempre es la mejor respuesta y la que menos problemas da a la larga.

—Soy un desastre. Muchos días no iré al coro por pereza y llegaré tarde casi siempre.

—Eso ya lo he comprobado.

—¿Si voy el próximo viernes me explicarás lo de Ludwig?

—Pero tendrás que llegar a la hora, nada de retrasos.

—Prometido.

4. Sandra

Era un proyecto loco, eso le dijo la directora cuando lo propuso. Sandra lo sabía: convencer a los chicos para que se quedaran los viernes una hora más a cantar parecía una propuesta difícil. Pero lo más complicado era conseguir que vinieran ellos, quienes de verdad lo necesitaban. No valía que aparecieran por el aula de música los buenos cantantes, ni aquellos que tenían otras cosas mejores que hacer, como regresar a sus vidas perfectas. No esperaba a esos. Quería a los otros, por eso fue en busca de los raros, de los que veía solos o perdidos. No era complicado darse cuenta, bastaba con observarlos en clase, en los recreos, en los silencios. Quería decirles que no se rindieran, a pesar de que sufrían los efectos secundarios de la vida, aquellos de los que nadie nos avisa. Necesitaban el coro para los días en los que nada brilla, todo es gris y sombrío. Esos días que se van entre la niebla para siempre. Por eso habló con Eva, quien siempre confió en ella, para que se apuntara a cantar y así se desahogara fuera de su familia numerosa, para que olvidara lo poco que se gustaba, los kilos que le sobraban.

—Deberías convencer a Laura —le dijo la propia Eva—. Me gustaría verla aquí. Ha tenido problemas de…

—Ya —cortó Sandra.

Era fácil de adivinar el problema de Laura, esa delgadez, ese rostro eternamente triste y pálido. Dudaba de que quisiera unirse al grupo, aunque retrasar la hora de la comida tal vez fuese un aliciente para alguien como ella.

—Lo intentaré.

Después de la clase de Música, se acercó a Laura y le pidió que le dedicara unos minutos. La chica aferraba una carpeta contra su pecho y escuchaba en silencio.

—¿Te apetecería unirte al coro? No es necesario que seas una buena cantante, lo pasaremos bien, formaremos un grupo divertido, actuaremos en el instituto y en más sitios. Necesitamos una voz dulce como la tuya.

—Bueno —dijo sin convicción—. ¿Cuándo serían los ensayos?

—Los viernes después de las clases. En principio. Quizá alguna tarde más cuando tengamos una actuación.

—No me comprometo a ir todos los días, puede que desaparezca de golpe. No te fíes de mí.

A Sandra le pareció una respuesta muy triste, propia de alguien que anda perdido.

—¡Claro que confío en ti! Sé que lo harás bien.

—Gracias por contar conmigo...

«A pesar de mi problema, a pesar de lo insignificante que soy», le faltó decir.

A Eva le dio un vuelco el corazón cuando vio a Laura ese viernes, dispuesta a ensayar, en el aula de música. Intercambió una mirada cómplice con Sandra, le daría las gracias luego. La profe estaba contenta: Laura había aceptado incorporarse al grupo; Marina, a pesar de ser una alumna incómoda, había regresado porque lo necesitaba tanto como los demás; Ricardo no se había rendido, y Rafa y Marta lo acompañaban con más o menos ganas. En total, ya eran casi veinte, podían empezar a trabajar. Decidió encargarle a Marta que formara un grupo de WhatsApp con todos los miembros del coro; aunque no era la mejor cantante, esa chica era una buena líder, y era una forma de asegurarse de que continuaría.

Sandra necesitaba ese coro tanto como sus propios alumnos, necesitaba sentirse útil, desarrollar la parte artística de sí misma que más le gustaba, olvidar por un rato las obligaciones: las clases, sus padres, el niño que tanto la reclamaba, la soledad.

—¿Qué vamos a cantar? —preguntó Rafa con tono desafiante—. No queremos rollos clásicos.

—Será un repertorio variado —respondió la profe—. Habrá un poco de todo, espero que os guste...

—¿Y rap? ¿Cantaremos rap?

—¿Rap? —saltó Luis, molesto—. Esto es un coro, no estamos en medio de la calle soltando tonterías, esto es un piano, ¿sabes lo que es un piano?

—No me interesa tu piano, ¡muermo! —replicó Rafa.

—¡Eh, ya está bien! —interrumpió Sandra—. Nada de insultos ni de discusiones. Se tendrá en cuenta lo del rap.

—Entonces no me necesitáis al piano —dijo Luis, cada vez más enfadado.

—Un coro necesita un pianista como tú, cante lo que cante —intervino Marina y los demás aprobaron sus palabras.

La cuestión parecía zanjada y Sandra aprovechó para empezar con el calentamiento de voces. Debería vigilar a esos dos, no quería más peleas durante los ensayos.

—Nuestra misión consiste en utilizar la voz para expresar ideas y sentimientos. Cantaremos obras de distintos estilos, géneros y tendencias musicales que no conocéis. Hay que tener respeto y superar los estereotipos.

—¿Y cantar? Porque yo quiero aprender a cantar mejor —habló Marina.

—Eso también. Aprenderemos técnica vocal, la respiración diafragmática, la posición correcta de la boca, la proyección del sonido... Y a escucharnos unos a otros.

—¿Y habrá que cantar delante de mucha gente? —preguntó Roberto—. ¡Qué vergüenza!

—Si te parece, vamos a perder el tiempo ensayando para nada —le respondió Marina, que estaba deseando verse en un escenario ante un público entregado. Adoraba los aplausos.

La respuesta no convenció a Roberto, que no dejó de darle vueltas durante todo el ensayo. ¿Sería capaz de enfrentarse a ese miedo escénico?

5. Roberto

La respuesta era: no. No podría enfrentarse a un auditorio, ni siquiera cantar en coro ante unos pocos compañeros de instituto. ¿Qué pintaba entonces en los ensayos? Solo había ido por contentar a Sandra. La profe se preocupaba por él, lo veía triste y no sabía hasta qué punto. Ella solo conocía la punta del iceberg que se ocultaba detrás de su mirada melancólica, detrás del acontecimiento fatal de la muerte de su padre.

Todos creían que simplemente estaba triste. En realidad era mucho más complicado. Era desinterés por todo, le daba igual lo que ocurría a su alrededor. Se sentía culpable por estar así, por preocupar a los demás, por no ser capaz de relacionarse. Y le vencían la angustia y la ansiedad. No tenía ganas ni de moverse, estaba cansado, aunque le costaba dormir. Por las noches cerraba los ojos pero era como si los tuviese abiertos. Notaba una pereza inmensa y pensaba que no servía para nada.

Roberto seguía las indicaciones de Sandra de manera automática, el pensamiento se hallaba en otro lugar. El mundo era un lugar extraño desde que su padre falleció, nada tenía sentido. ¿Para qué cantar, para qué esforzarse, para qué levantarse cada mañana, para qué vivir? ¿Acaso creía la profe que acudiendo una hora a la semana al ensayo se acabarían sus problemas? Su problema ya no tenía solución, le había partido el corazón y sentía una opresión en el pecho que amenazaba con ahogarlo.

Y luego estaba él mismo, con sus propios miedos, con su eterna inseguridad, con las dudas cada vez mayores que lo acechaban en cada esquina, detrás de los espejos.

¿Quién soy yo? ¿Qué soy yo? Las preguntas sin respuesta lo llenaban todo. Y no era posible escapar de ellas ni de sí mismo. Se cambiaría por cualquiera, por otro que no arrastrase un duelo semejante, por otro libre de dudas, seguro de sí mismo, feliz con su identidad.

Esa misma mañana había dudado cómo vestirse. Se había pintado las uñas de verde y una raya negra en el párpado. Su madre no lo vio salir de casa, mejor, odiaba esas miradas de reproche, o de condescendencia, o de censura. Ella no vivía el luto igual que él, hacía años que sus padres se habían separado y una parte del duelo ya estaba hecha. A Roberto se le hacía un mundo pensar que no iría nunca más con su padre a esa playa que le gustaba tanto, ni compartirían sesiones de cine, ni le hablaría de sus proyectos locos, sentados en la cama, en una casa que jamás volvería a pisar. Todo eran recuerdos, todo tristeza. ¿Cómo había ocurrido? Era algo que se negaba a recordar, que su memoria había borrado; así como los dos meses siguientes, durante los que se movió como un zombi sin voluntad propia.

Rafa y Marta fueron los únicos que no huyeron de su tristeza. A la gente le cuesta gestionar el duelo de otros, no saben cómo actuar, o simplemente no les apetece escuchar la tristeza ni mirar a la muerte. Es más fácil permanecer al margen. Algunos de sus amigos hicieron eso: huir. Menos Rafa y Marta, a los que había arrastrado al coro sin que ellos quisieran. Necesitaba brazos que lo sostuvieran, que lo llevaran de un lugar a otro: al instituto, a su casa, a los ensayos. No había más perspectiva. No sabía por qué sus dos amigos seguían ahí, debían de quererlo mucho.

—¿Por qué no cantas, Roberto?

La voz de Sandra lo devolvió a la realidad. No se había enterado ni de la canción que entonaban.

—Vamos, que yo te oiga. Repetimos desde el principio.

Miró a Rafa, que se encontraba a su lado, este le señaló la partitura.

—Tú sígueme, es fácil —le dijo en voz baja.

Se sonrieron. La sonrisa de un amigo es salvadora. Lo primero que leyó en la partitura fue el título de la canción: *Viva la vida.* Menuda ironía, era lo último que se le ocurriría exclamar. La vida no tenía sentido, era absurda y cruel. No entendía bien la letra en inglés, pero no hablaba del dolor, ni de la alegría perdida, ni de que la vida mereciera la pena.

Entonaron unos cuantos compases de la canción sin desafinar, Sandra empezaba a sentirse orgullosa de ellos a pesar de que algunos parecían tan perdidos como en clase. Sí, había sido una buena idea montar ese coro. Esperaba no arrepentirse en ningún momento; con aquellos chicos, cualquier cosa podía ocurrir.

6. Ludwig

—Me alegro de que hayas venido.

Marina no dejó de escuchar esa frase en todo el ensayo: Sandra y unos cuantos alumnos se la repitieron. Pero de quien ella esperaba tales palabras, no pronunció ni un monosílabo. Luis ni se había inmutado al verla aparecer. Tuvo que esperar al final de la hora para acercarse a él.

—He venido —le soltó.

—Es lo que tienes que hacer si quieres pertenecer a este coro, ¿o te crees que nos haces un favor?

—No esperaba una respuesta así de borde.

—No pretendía serlo, lo siento —se disculpó.

—He venido para que me expliques lo de Ludwig.

—Pensé que era porque te gustaba cantar.

—No te burles, claro que quiero cantar. Pero dejaste una duda sin responder. Lo he buscado, ese nombre, Ludwig. Así se llamaba Beethoven.

—¡Vaya! No era difícil, ¿verdad?

—Ahora quiero la explicación. ¿Por qué quieres llamarte como un músico alemán del siglo XIX?

—¿Y por qué no? Luis y Ludwig son el mismo nombre.

—Tú también eres músico y tocas el piano, pero seguro que hay algo más.

—Si me acompañas te lo cuento.

—¿Vives muy lejos?

—¿Tienes prisa?

—Ninguna. Dudo que mi madre me eche de menos —suspiró Marina.

—Mi hermana me estará esperando y se pone nerviosa si no llego puntual.

—¡Vaya control!

—Es pequeña y me adora, ya se le pasará; pero de momento quiero aprovechar esa adoración.

—Suerte que tienes, yo tengo un hermano que me odia.

Nada le apetecía más a Marina que acompañar a ese chico extraño adonde fuera. Desde que empezó el curso, una fuerza que no lograba dominar la arrastraba a buscar la compañía del sexo contrario. Ya le habían gustado tres distintos, pero ninguno de ellos había dado señales de interesarse por ella, quizá con Luis tuviera más suerte. Era atractivo, distinto, los normalitos ni se le acercaban, porque ella también era peculiar.

—No quiero hablar de hermanos, sino de ti y de Beethoven —le dijo.

—Está bien —concedió Luis—. Empecemos por Beethoven. Me gusta porque era un revolucionario.

—¿Tú también lo eres?

—Ya me gustaría... No es fácil serlo, vivimos una vida muy cómoda.

—Será la tuya —dijo Marina, pensando en la relación con su madre.

—Seguro que no tienes motivos para quejarte.

—Si tú lo dices…

—El caso es que Beethoven era un defensor de la igualdad, de la libertad, no le interesaba el pasado clásico y quería seguir los pasos de la Revolución francesa, tanto en su vida como en su música.

—Pues en los retratos que he visto parece un señor muy serio y despeinado. Vaya, lo del pelo se lo has copiado. No había caído en la cuenta.

—Eso no tiene nada que ver con el músico, es que me gusta llevarlo así.

Marina se atrevió a revolver el cabello de Luis, que no puso buena cara. No le gustaba que lo despeinaran aún más.

—Beethoven tenía un modo nuevo de entender la música —siguió—. Sentía que no existían fronteras, que su país era el mundo entero y su religión, hacer el bien.

—Eso suena guay, sobre todo decirlo y no hacerlo.

—Era un romántico.

—Eso ya no se lleva, es cursi —comentó ella.

—No entiendes nada, Marina.

—Ay, perdona —dijo con sorna—. No pretendía ofender al señor Ludwig.

—Ya te lo explicaré —suspiró.

—¿Siempre lo dejas todo a medias? Ya te lo contaré, ya te lo explicaré…

—Y tú eres demasiado impaciente. Quieres convertirte en una cantante famosa de la noche a la mañana, y la vida no va así.

—¡Por favor! Pareces mi abuela —se quejó Marina.

—Nada es fácil, eso tienes que saberlo para no acabar frustrada.

—Tocar el piano debe de ser dificilísimo.

—Ya lo creo. Pero lo difícil es bello, es verdadero. Yo he encontrado la felicidad en la música.

—A mí me daría pereza tener que aprender algo tan complicado. Será que, en el fondo, no sirvo para nada —suspiró ella.

—¡No es cierto! Todos tenemos talento para algo, aunque sea para pasear por el campo, para sonreír a los demás, para hacerle la vida mejor a otros.

—Me gusta eso que dices, pero no sé si me lo creo.

—Será fácil comprobarlo.

—¿Qué quieres decir?

Luis permaneció unos segundos en silencio, azorado, como si una idea peregrina navegase por su pensamiento.

—¿Serías capaz de leerte una biografía de Beethoven?

—Lo dudo, no me gusta leer.

—Si te dejo el libro, ¿lo intentarás?

—Bueno —respondió sin convicción.

—Tendrás que llamarme esta tarde para recordármelo. Si no, seguro que se me olvida. Soy muy despistado.

—Tienes pinta de músico despistado.

—Mira, te apunto mi teléfono y hablamos.

—¿No te vale un mensaje?

—No, seguramente no te lo cogeré, pero si veo la llamada perdida me acordaré.

Rebuscó en la mochila y extrajo un trozo de papel rasgado y un bolígrafo. Apoyado en la pared más próxima escribió un número de teléfono. A Marina le pareció extraño, ¿no sería más sencillo hacerle una perdida? Otra rareza más de Ludwig, porque había decidido llamarlo así, como a él le gustaba. A ver si así conseguía gustarle ella también.

—Hasta luego, pareja. —La voz de Rafa los sobresaltó—. Sois tal para cual.

Y acompañó la frase con una sonora carcajada que sonrojó a Luis e indignó a Marina.

—¡Imbécil! —le gritó ella.

Rafa ni siquiera se dio la vuelta.

7. Rafa

Roberto no estaba bien, Rafa lo sabía por los gestos, por esa mirada perdida que no se borraba de sus ojos, por los silencios y las ausencias. Apenas salía con el grupo, había que ir a buscarlo a su casa y, en la mayoría de las ocasiones, se negaba a acompañarlos.

Habían sido muy amigos, aunque desde que falleció el padre de Roberto no sabía cómo ayudarle, no le habían enseñado a acompañar un duelo, desconocía qué necesitaba su amigo: si su compañía o quedarse solo. Además, lo veía cada vez más extraño y sentía que se alejaba sin que pudiera retenerlo. Intentaba ponerse en su lugar, pero no le resultaba fácil. Él no sentía el mismo dolor que Roberto; tenía otras preocupaciones familiares, y no eran pequeñas. Sin embargo, le bastaba con la música para acercarse a la felicidad: escuchar y componer rap era una parte importante de su vida. Seguía a cantantes y grupos a los que admiraba y no dudaba de que, algún día, se subiría a un escenario con ellos. Sueños y más sueños que se harían realidad, estaba seguro. Sueños que antes compartía con su amigo, quien le acogió cuando era novato en el instituto y estaba perdido. Roberto siempre le animaba a seguir adelante, por eso no pensaba abandonarlo a solas con su pena.

Aquella tarde de viernes, Rafa llegó sin avisar. Roberto permanecía encerrado en su guarida, escribiendo pensamientos absurdos en el diario, convencido de que acabaría arrancando aquellas páginas llenas de dolor, si alguna vez encontraba fuerzas para ello. Cuando su madre golpeó la puerta para anunciarle que Rafa había llegado, se puso nervioso, ni siquiera estaba vestido. Se había acostumbrado al pijama rosa que compró unos meses atrás en un impulso irrefrenable; ni su madre conocía la existencia de tal prenda, la llevaba a una lavandería cercana. Se calzó unos viejos vaqueros y una camiseta negra y abrió la puerta.

—¿Por qué has tardado tanto, tío? —le reprochó.

—Estaba dormido —mintió.

—Pues vaya horas, siento haberte fastidiado la siesta.

—No pasa nada, me alegro de que estés aquí.

—Es que si no vengo yo, no te veo el pelo. Vamos, hombre, ¡anímate!

¡Anímate! Roberto estaba harto de escuchar esa palabra desde que falleció su padre. ¡Como si fuese tan fácil! Como si bastase escucharla para olvidar el dolor. Solo necesitaba compañía, eso sí le animaba un poco, sobe todo si Rafa se mostraba afectuoso y comprensivo, si le abrazaba y le dejaba llorar en su hombro. Pero aquella tarde Rafa no parecía muy dispuesto a escuchar las penas de Roberto. Penas, en plural, aunque su amigo solo conociera una de ellas.

—A tu padre no le gustaría verte así —suspiró Rafa.

—Lo sé, pero no puedo evitarlo. La psicóloga dice que es normal, ha pasado poco tiempo, aún no es posible superar el duelo. Todavía no he llorado bastante.

—Esta tarde no toca llorar, he venido a darte la paliza y no me voy a marchar hasta que no te vea reír.

Rafa miró las uñas pintadas de verde, ya se había percatado en clase, pero prefirió no comentarlo. Roberto las escondió detrás de la espalda.

—No pasa nada. Todos tenemos gustos raros —aseguró Rafa—. Yo estoy deseando hacerme un tatuaje, pero mis padres no me dejan. Quiero tatuarme mi nombre con el mismo dibujo que hago cuando pinto grafitis.

—¿No lo habías dejado ya?

—Eso les prometí cuando los polis me pillaron dibujando en la pared de un edificio y tuvieron que pagar la multa, pero esta pasión no se olvida nunca. Lo seguiré haciendo, donde no esté prohibido y pueda mostrar mi arte.

—¡Tu arte! —rio Roberto.

—¡Bueno, ya te has reído! Y más que te vas a reír si sigo en el coro. Sandra ya se ha dado cuenta de que no canto bien.

—No es verdad, es que no te gustaba la canción. Lo tuyo es el rap, ahí te luces. ¿Sigues empeñado en que cantemos uno con el coro?

—Por supuesto, ya tengo unos cuantos escritos. He traído uno, para eso he venido, ¿quieres leerlo? Te lo he dedicado a ti.

—¿A mí? —preguntó sorprendido.

—Claro, eres mi mejor amigo.

—¿Por qué no me lo cantas?

—No tengo voz de tenor, ya sabes lo que diría Sandra. Es solo de rapero, sin piano que me acompañe —bromeó.

—¡Venga, estoy deseando oírlo!

Mi amigo tiene un gran dolor,
la vida es triste a su alrededor.
Tanto sufre su corazón.
Yo deseo que seamos dos.
Cada mañana sale el sol.
No te rindas, Rober, por favor.
Coge mi mano y échale valor.
Si tú sonríes, todo es mejor.
Hoy te dedico esta canción,
la vida te llama, olvida el temor.
Si tú sonríes, todo es mejor,
por eso hoy te canto yo.
Muchos te quieren, te dan su amor.
Recoge el cariño, olvida el dolor.
Si tú sonríes, todo es mejor.

A Roberto la emoción le inundó los ojos, no imaginaba Rafa la impresión que su rap le había causado.

—Esto no era para que llorases, sino todo lo contrario —dijo, al tiempo que lo abrazaba.

Abrazado a Rafa, el llanto se desbordó. La pena se había transformado en una sustancia líquida en la que flotaba, en compañía de su amigo, cuyos brazos se habían convertido en el único refugio seguro.

—Vamos, tío, que me vas a hacer llorar a mí también —musitó Rafa desasiéndose del abrazo—. Cuando sea un rapero famoso podré contar que una de mis primeras canciones se la dediqué a mi mejor amigo, cuando él estaba pasando por una mala racha.

—Gracias —acertó a pronunciar.

—Ahora vamos a jugar un rato a la Play a ver si te distraes. No te creas que todas las tardes voy a poder escaparme. Si no me quedo estudiando, mis padres se cabrean y no me dejan pisar la calle.

—Diles que vienes a mi casa a estudiar.

—No es mala idea, saben que eres un empollón, a ver si se me pega algo.

El resto de la tarde transcurrió con la placidez del tiempo compartido. Roberto sintió paz, por primera vez desde que falleció su padre, y pensó que quizá tenían razón quienes afirmaban que el duelo, al final, se pasa; aunque deban transcurrir meses interminables donde no ves la luz y la vida te parece un caos absurdo. «Si tú sonríes, todo es mejor», le había cantado Rafa, y ese día era la mejor frase del mundo.

8. Toni

Casi se le olvidaba a Marina llamar a Luis para recordarle lo del libro. La verdad era que no le apetecía demasiado leer la biografía de un músico del siglo XIX, pero sí hablar con el pianista. Le resultaría fácil enamorarse de él: tenía ese punto extraño y misterioso que tanto le gustaba, aunque al final acababa colgada del primero que le hacía caso. Su cuerpo se desbordaba, igual que su imaginación, y le fastidiaba que viniera su madre a bajarla de las nubes.

—¿Has estudiado? —fue la única pregunta de la tarde.

—Ya voy —respondió sin convicción.

Su madre la miró mal, Marina odiaba esa mezcla de incredulidad y tristeza. Pensaba que no creía en ella, que era una decepción de hija en medio de una vida frustrante. A ninguna de las dos les iba bien y no sabían compartir la desilusión, se habían alejado no recordaba cuándo y el camino de regreso exigía concesiones que no estaban dispuestas a realizar.

Marcó el número que Luis le había escrito con una caligrafía minúscula y apuntó el nombre para guardarlo en la agenda del móvil. Esperaba escuchar la voz del chico, pero al cuarto tono saltó el contestador. ¡Vaya fastidio!

—Hola, soy Marina. Veo que no estás disponible. Ya hablamos mañana.

Nada más colgar se percató de que no le había dicho nada del libro. ¿No se suponía que lo llamaba para recordárselo?

No hubo otra ocasión, la tarde pasó entre discusiones y voces. Su padre apareció con ganas de bronca y, quizá, alguna copa de más. Prefirió no verlo y se encerró en su cuarto. Acabó poniendo música a todo volumen y cantando a gritos, al tiempo que lloraba de rabia por ser quien era: una adolescente perdida en un familia sin remedio. Prefirió no llamar de nuevo a Luis, por no dar la imagen patética de una chica llorona, aunque lo que más le apetecía era desahogarse en los brazos de alguien. No salió ni para cenar, se preparó un bocadillo con lo primero que vio en la nevera, aprovechando un momento en que no había nadie en la cocina.

Eran las doce cuando comprobó que tenía un mensaje procedente del número de Luis. Le daba rabia no haber oído la llamada, no le extrañaba en medio de tanto ruido, hasta la vecina había dado unos golpes en la pared para aumentar el estruendo y advertirles, sin éxito, del escándalo que estaban montando.

No fue la voz de Luis la que escuchó en el mensaje:

—Hola, Marina —hablaba con nerviosismo una mujer desconocida—. Toni te ha echado mucho de menos. Está muy contento de que al fin hayas llamado. Espera que vengas a verlo. Llámanos.

—¿Toni? —pensó en voz alta—. ¿Qué número me ha dado Luis?

No entendía nada, se habría equivocado, lo extraño era que en ese número conocieran a una tal Marina que no era ella. Lo sentía por Toni, que, por lo visto, tanto la echaba de menos.

Tentada estuvo de llamar para aclarar el malentendido, pero el sueño pudo más que ella, y se quedó dormida sin haberse quitado los zapatos.

Esa noche soñó que se perdía por un laberinto de espejos buscando a Toni y llamándolo a gritos, no llegó a encontrarlo y se despertó con una amarga sensación de derrota.

9. Laura

Un laberinto de espejos, ese era el lugar donde Laura vivía. Desde que regresó del hospital, en casa los habían eliminado casi por completo, pero no podía evitar que poblasen sus pesadillas, que los encontrara en cada rincón de la calle, en los escaparates de las tiendas, en los retrovisores y en las ventanillas de los coches. El mundo estaba poblado de espejos que la delataban, que se reían de ella, que le escupían la verdad mentirosa, por eso caminaba mirando al suelo, sin levantar la vista de las mugrientas baldosas. Se veía como una extraña dentro de un cuerpo deforme, se veía como nadie más podía verla. Siempre llevaba manga larga, para disimular los cortes que ella misma se hacía en los brazos cuando la desesperación solo se calmaba con dolor físico, con desprecio, autolesionándose.

Eva siempre quería acompañarla a casa, pero ella prefería regresar sola. Pensaba que los transeúntes se reirían de la extraña pareja, que el mundo entero se reía de ella. No era justa con Eva, aguantaba sus desplantes y la había ayudado mucho después de los meses de locura, ¡pero eran tan distintas!

Sandra había insistido en que participara en el coro y no había sabido resistirse. Los grupos grandes la agobiaban, se sentía encoger, como un globo que se desinfla, y la voz salía en un susurro. Esa voz de la que se sintió orgullosa una vez. Siempre le gustó cantar, hasta que dejó de gustarse, del todo. Los ensayos de los viernes le permitían llegar a casa cuando los demás ya habían comido; se libraba de las miradas de sus padres, fijas en el plato de ella, no en los suyos. De todas formas, su madre le tendría guardada una ración enorme de primero, segundo y postre. Se demoró, caminando despacio, por las calles del barrio, hasta que llegó al portal de casa; suspiró y sacó la llave del bolsillo.

Pegado en la puerta, ante sus ojos, vio un folio escrito, estaba en verso y comenzaba con su nombre:

Laura, Laura, nunca me ve.
Se cruza conmigo, me mira al revés.
Soy invisible para ti, lo sé.
Aquí estoy, ¿por qué no me ves?
Te escribo, te canto, te quiero querer.
Tú no sonríes y yo quiero ser
tu sombra, tu amigo, tu agua, tu sed,
andar tu camino, ir y volver.
Eres una pluma, una hoja de papel.
Tú vuelas, yo vuelo, me gusta tu piel,
pero soy invisible para ti, lo sé.
Te escribo, te canto, te buscaré
en todas partes y tú sin saber.
Si me saludas, en todo creeré.
Aquí estoy, ¿por qué no me ves?

Laura enrojeció y arrancó el folio antes de que lo viese alguien más, ¿lo habrían leído los vecinos? ¿Quién se dirigía a ella con esos versos ripiosos?

Lo había leído por encima y le había parecido espantoso. ¡Si lo viera David, el profe de Lengua! Lo guardó en la mochila para releerlo más tarde, sola en su habitación, sin vecinos ni familiares.

—¿Qué tal el ensayo? —Su madre salió a recibirla en cuanto oyó la llave en la cerradura. Que Laura estuviese una hora más fuera de casa era motivo de preocupación, aunque solo se dedicara a cantar en un coro.

—Bien —respondió sin más.

—Tienes la comida preparada en la mesa de la cocina.

La madre la siguió y se sentó a su lado.

—¿Qué miras? —soltó la hija, enfadada—. Si no te marchas, no comeré.

Sonó a chantaje y la madre cedió sin convencimiento.

Cuando se quedó sola, Laura removió la comida con la cuchara y apenas se la llevó dos veces a la boca. Sacó el folio de la mochila y lo releyó, enseguida se dio cuenta de que no se trataba de un poema, sino de la letra de un rap. Aunque no iba firmado, sospechaba quién podría ser su autor.

10. Schroeder

—Ayer me diste mal tu número de teléfono —le soltó Marina a Luis en cuanto lo vio en el instituto.

Le costó encontrarlo, no lo halló por el patio y, por suerte, se le ocurrió pensar que quizá estuviera con el piano en el aula de música.

—No sé por qué os dejo quedaros aquí —les dijo Sandra—. Tendríais que salir al recreo a desfogaros, como los demás.

—¿Me imaginas dando voces o corriendo por el patio? —le respondió Luis con un tono burlón.

—A ti no, pero a ella sí —dijo señalando a Marina—. Es lo que de verdad necesita.

—Bueno, la dejaremos solo un rato —concedió Luis—. Pero yo me quedo, Sandra. Necesitas mi música para alegrarte los recreos. No lo niegues.

—Lo que necesito es un café, esta noche mi hijo no me ha dejado dormir. Aquí os dejo. Portaos bien —dijo guiñando un ojo a Luis.

—Descuida, no dejaré que Marina grite ni rompa nada.

—¡Vaya fama que tengo! —protestó.

En cuanto la profesora salió del aula, Marina le soltó la pregunta con más énfasis:

—¿Qué número de teléfono me diste ayer?

—El mío. ¿Por qué?

—No respondiste tú, sino...

—Quizá me equivoqué en algún número. Dime el tuyo, te hago una perdida para que ya lo tengas bien y luego borras el otro.

A los pocos segundos, la llamada sonó en el móvil de Marina. Pensó que habría sido más fácil hacerlo así desde el principio y se habría ahorrado esa situación extraña que se había convertido en un quebradero de cabeza.

—Disculpa. De todas formas, me he acordado y te he traído la biografía de Beethoven que te prometí.

Luis sacó un libro de la mochila y se lo entregó. Al menos no era muy grueso y, además, llevaba dibujos.

—Es corto y sencillo, te lo leerás enseguida —aseguró.

—Ahora no me interesa hablar de Beethoven —soltó Marina, no le gustaba andarse con rodeos—. Ayer llamé a ese número que no era el tuyo y me conocían.

—¿Te conocían?

—Bueno, me confundieron con otra Marina que no soy yo. Ya ves qué casualidad más rara. El caso es que hay un tal Toni que me echa de menos. Bueno, a mí no, a otra chica que se llama como yo. Y ahora creen que esa Marina ha regresado.

—Es un poco raro, ¿no te parece?

—Y tan raro. El caso es que ahora no sé qué hacer. Me da pena pasar del asunto, Toni se llevará un disgusto. Pero si llamo y digo que no soy la Marina que ellos creen, también se lo llevará. Creo que voy a pasar.

—No me parece propio de ti —soltó Luis muy serio—.

Pensaba que eras una tía legal, de las que se implican, de las que quieren ayudar.

—No sé de dónde te sacas eso, apenas me conoces.

—Eres rebelde, ¿verdad? Y no te conformas con lo que te dicen.

—Rebelde, sí. Como tu Ludwig van Beethoven —rio ella.

—Deberías volver a llamar a ese chico y contar la verdad.

—No fue Toni quien me llamó, era una voz de mujer, sería su madre, o su hermana, o vete a saber.

—Tú podrías enterarte.

—Entonces, ¿me animas a que llame?

—Por supuesto, no espero otra cosa de ti. Te he traído un regalo.

—¿A mí? ¡Qué bien! ¡Qué es!

—No te emociones tanto —rio él—. Es solo una pegatina.

Luis removió en la mochila y sacó la carpeta negra de las partituras. Dentro se encontraba la pegatina, el dibujo representaba a un niño tocando un piano pequeño.

—¿Conoces a este personaje?

—No, ¿quién es?

—Es Schroeder de los cómics de Charlie Brown. ¿No te suena?

Marina negó con la cabeza.

—Se han quedado un poco anticuados, son de los años 70 del siglo pasado, pero fueron muy famosos. También hicieron una serie de dibujos animados en la tele. El perro de Charlie se llamaba Snoopy, quizá te suene. Schroeder admira a Beethoven.

—¡Como tú!

—Sí. Me he identificado con él desde niño, cuando empecé a tocar.

—Es un dibujo muy infantil para un tío como tú, de casi

diecisiete años y que mide 1,90 ¿no te parece?

—Es posible —admitió Luis—, pero me representa muy bien. ¿Quieres la pegatina o no?

—¡Por supuesto! ¡Gracias! La llevaré en la carpeta de las partituras, igual que tú.

—¿Vas a volver a llamar a ese número?

—¿Crees que debo hacerlo?

—Es tu decisión, pero yo lo haría. Ponte en el lugar de esas personas, no debes dejarlas con la duda: Marina desaparece, después llama, para luego volver a desaparecer. Y Toni la echa de menos.

—Yo no soy esa Marina.

—O sí... En cualquier caso, tienen que saberlo.

—Me has convencido, Ludwig. A ver adónde me lleva esto que parece una locura.

—Pues mejor, tú ya estás loca perdida.

11. Beethoven

Cuando Marina entró en casa con la pegatina en la mano, su madre salía del baño con una toalla en la cabeza. Se saludaron con desgana.

—¿Sabes quién es este personaje? —preguntó la hija.

—Sí, uno de los amigos de Carlitos, era una serie de dibujos que echaban cuando yo era pequeña —respondió la madre—. Ese era el que tocaba el piano. No me acuerdo de más. ¿De dónde has sacado la pegatina?

—Me la ha regalado un amigo.

—¡Ah! ¿Ya vuelves a tener amigos? ¿Has encontrado gente que te aguante? ¡Qué milagro!

—No hace falta ser tan antipática con tu hija.

—Tú tampoco me tratas demasiado bien.

—Solo quería empezar una conversación contigo, pero siempre acabas discutiendo.

—Acabamos, no discuto yo sola.

—Déjalo ya, mamá.

Cerró de un portazo, su madre la sacaba de quicio. ¿Lograrían alguna vez hablar como dos personas normales? Marina ya no sabía qué era lo normal. Deseaba un afecto que ella tampoco transmitía. Eran como dos erizos, que no se abrazaban por no pincharse.

Se tumbó en la cama y permaneció un rato mirando al techo, disfrutando de la indolencia; no deseaba hacer nada, mejor quedarse allí, inmóvil y perezosa, hasta el día siguiente. El aburrimiento y su propia impaciencia pudieron más que ella, se incorporó y abrió la mochila.

—Schroeder —dijo mirando la pegatina—. Vamos a ver quién eres.

Buscó en internet y enseguida localizó al personaje, tocando un piano de juguete sobre el que descansaba el busto de Beethoven. ¿Tendría Ludwig una estatua como esa en el piano de su casa? Le gustaría ir a comprobarlo. Junto a Schroeder aparecía otro personaje, era una chica, se llamaba Lucy y lo amaba, aunque él no le hiciera demasiado caso. Lucy hablaba con él recostada sobre el piano, lo miraba arrobada. ¿Se estaría convirtiendo ella en la Lucy de Ludwig? Cada vez le gustaba más, se pasaría las tardes sentada junto a él para escucharle tocar el piano. Igual que Lucy. Pero dudaba de que a ese chico, tan culto y disciplinado, le interesara una adolescente caótica como ella. Tendría que esforzarse y no estaba acostumbrada; siempre elegía lo fácil, y recordó que Ludwig prefería lo difícil, decía que aprender algo complicado daba muchas satisfacciones. Le extrañaba, más agradable era quedarse allí tumbada, sin más.

Dentro de la mochila estaba el libro sobre Beethoven, tampoco le apetecía leer y pasó las hojas con desgana. Por lo visto, Beethoven se quedó sordo muy joven.

—¿Un músico sordo? —saltó en voz alta—. Vaya marrón. ¿Cómo podía componer si no oía nada?

Pensó que sería más divertido preguntárselo a Ludwig. Mientras, lo contemplaría apoyada en el piano, como Lucy.

Miró el móvil, era lo único que no le daba pereza, pasaba horas y horas enganchada a las redes sociales y a los mensajes de los variados grupos que seguía. Vio la llamada perdida de Ludwig y añadió ese nombre, comprobó que en el perfil de su WhatsApp se veía el dibujo de Schroeder al piano.

—Menudo friki —dijo para sí.

Y luego estaba ese número misterioso, ese mensaje de voz, ese nombre desconocido. ¿Quién sería Toni y por qué echaba de menos a Marina? Solo ella podría averiguarlo. Y no tenía nada mejor que hacer.

12. Marta

Al segundo viernes, Marta ya estaba convencida de que aquel era su sitio. Llegó insegura, como el resto, más por acompañar al taciturno Roberto que por voluntad propia. Tenía buena voz, aunque no como para convertirse en cantante. Cuando Sandra aseguró que no hacía falta tener unas cualidades especiales se tranquilizó, y más cuando vio por allí a otros compañeros menos armónicos que ella. Sería divertido hacer algo juntos, conocer gente nueva, y además en el coro había muchas chicas.

Le alegró comprobar que Roberto se había incorporado al grupo, el viernes era el único día que no salía corriendo para refugiarse en casa, donde rumiaba su pena sin pedir auxilio. Y encontrarse con Laura también era un motivo de alegría. Eran amigas, luego la perdió, se extravió por un camino oscuro del que no fue capaz de rescatarla. Ahora había regresado, pero no era la misma; envuelta en un halo de tristeza, se escapaba de su compañía como si no se hubieran conocido antes.

Sandra le pidió que formase un grupo de WhatsApp con los coristas para que se encargase de enviarles las informaciones necesarias. Le gustó la idea, era como considerarla alguien responsable y especial en el grupo. Así no habría manera de claudicar.

—Voy a poneros el vídeo de la canción que quiero que ensayemos. Luego os repartiré las partituras —dijo Sandra cuando, por fin, hubo silencio—. Creo que os gustará, he buscado algo que no sea complicado pero que tenga un mensaje. Escuchad.

Marta miró las caras de los demás, las había de escepticismo, pero la mayoría transmitían expectación.

—¿Qué canción es? ¿Cuál es el título? —interrumpió Marina.

—¡Tía, cállate! —le gritó Rafa—. Ya lo verás.

Enseguida se formó un murmullo de comentarios. Sandra suspiró, su tarea era más complicada de lo que parecía; la música requería silencio, calma y concentración para que las voces y los sentimientos surgieran, para que el esfuerzo tuviera sentido. Necesitaba creer en ellos para creer en sí misma, se necesitaban mutuamente.

—Por favor, silencio —les pidió la profesora—. Antes de empezar a cantar debemos experimentar el silencio, es importante, esencial en la música. A ver si somos capaces de no emitir ningún sonido, al menos durante un par de minutos. Vamos a intentarlo. Respirad hondo, cerrad los ojos y mirad dentro de vosotros.

A Marina le costó aguantar tanto tiempo sin hablar, le daba la risa; pero Marta, acostumbrada a hacer ejercicios de relajación, aprovechó para llevar su mente lejos, a un lugar idílico, y sentir que se encontraba en medio de un bosque con el sol calentándole el rostro.

—Y ahora, escuchad —les ordenó Sandra al finalizar los dos minutos.

Marta permaneció con los ojos cerrados un rato, hasta que el ritmo de la música y la letra de la canción le hicieron abrirlos.

El mundo funciona así.
Si sigues conmigo,
tendrás que creer en mí,
en los dos, oh, oh,
en los dos, oh, oh.
El mundo es un sitio hostil
y yo tu enemigo.
Y tú pensarás que sí,
pero no, oh, oh,
pero no, oh, oh.
Si escuchas bien,
sientes que aún respiras.
Porque todo lo que ves
no es todo lo que ves…

Parecía que Sandra había elegido la canción de Nunakat pensando en algunos de ellos. Y era la verdad. La clase se convirtió en un cruce de miradas. Eva y Marta le habrían recitado esas mismas palabras a Laura, le habrían dicho que aún respiraba, que no se rindiera, que lo que veía en el espejo no era la verdad, no era todo. Pero Laura se miraba las manos huesudas, que tamborileaban en la mesa, distraída, sin querer escuchar lo que la canción y algunos de sus compañeros le decían al oído.

Rafa miraba a Roberto, para quien el mundo era un sitio hostil, pero también seguía respirando, a pesar de todo, del duelo y de la incertidumbre. «Si sigues conmigo, tendrás que creer en mí», le habría respondido Roberto. Creer en él a pesar de que no sabía ni quién era ni qué pintaba en un mundo extraño y azaroso.

«La vida nos trajo aquí, ¿o acaso el destino? Y luego nos dio a elegir entre tú y yo...».

Marina miró a Luis, que intentaba seguir con el piano la melodía de la canción. Sí, estaba segura, el destino los había unido, aunque él no se había dado ni cuenta. No faltaría a ningún ensayo, deseaba, más que nada, que Luis, Ludwig, el pianista, el fanático seguidor de Beethoven, se fijara en ella. Y para eso estaba dispuesta a cantar mejor que nadie y a convertirse en una alumna aplicada, si era necesario. Entonó su voz de soprano lo mejor que pudo, las demás cuerdas sonaban bien, empastaban de manera armónica.

«Porque todo lo que ves no es todo lo que ves. Si escuchas bien, sientes que aún respiras».

—Fantástico —les dijo Sandra tras el cuarto intento—. Mirad, se me pone la piel de pollo al escucharos.

El ensayo se les hizo muy corto; cuando llegó la hora de acabar, la mayoría habría preferido quedarse unos minutos más.

—Vamos recogiendo, deprisa. Se me hace tarde. Ya terminaremos de ensayarla otro día, pero ya casi está. Sois estupendos.

Demasiadas obligaciones esperaban a Sandra, se había acabado el momento de evasión. Deseaba que ese rato de los viernes pronto se convirtiera en la hora de relax, de paz en medio de la música, de las voces y de unos alumnos entregados. Para eso aún faltaba tiempo, aunque por fin, ese día especial, habían sonado bien y les veía satisfechos del resultado. Había acertado con la canción. Esperaba que eso sirviera, al menos, para que ninguno se diera por vencido.

Marta pensó que la letra de esa canción habría removido algo en el interior de Laura, le habría recordado que seguía allí y que creía en ella. Era buen momento para intentar un nuevo acercamiento.

—¿Te acompaño a casa? —le propuso Marta a Laura.

—No —respondió al instante—. Tengo... que hacer un recado antes, voy con prisa.

Y, sin más, desapareció dejando a Marta con la palabra en la boca.

—No hay manera de acercarse a ella, se cierra en sí misma y eso no es bueno.

Era Eva quien le hablaba, ambas se preocupaban por la amiga perdida y eso las unía aunque se conocieran poco.

—¿Y si me acompañas a mí? —propuso Eva.

Pensó que sería una buena manera de saber algo más de Laura, Marta había sido la amiga inseparable, hasta que Laura se perdió por un sendero tortuoso: dejó de comer, de divertirse, de salir con las amigas, de vivir y casi de respirar. Siempre hubo una ligera rivalidad entre Eva y ella, a ver quién era más amiga de Laura. Ganó Marta, porque podía dedicarle más tiempo. Ahora, perdían las dos.

—¡Vamos! —accedió Marta—. Te advierto de que camino muy deprisa.

—Intentaré seguirte el ritmo, pero no te prometo nada.

13. Elvira

Marina marcó el número que había guardado con el nombre de Luis, pero que era de una desconocida, sin pensar muy bien qué iba a decir. Era su forma habitual de actuar: pensar poco y dejarse llevar por el primer impulso. Una voz femenina respondió enseguida.

—Hola, soy Marina..., pero no la Marina que tú crees. Os llamé por equivocación el otro día. Me dieron mal el número.

—Ah —musitó la mujer.

—Pues eso, nada, que lo siento —balbuceó—. Adiós.

—¡Espera! —La voz sonó como una orden—. ¿Puedes hacer algo por nosotros?

—No soy quien tú esperabas. Dudo que pueda hacer algo, solo soy un nombre, una desconocida.

—Toni ha estado muy mal, te echa de menos.

—¡No conozco a ese Toni! —protestó, aquella llamada se estaba complicando de una manera absurda. Tentada estuvo de colgar.

—Ya sé que no eres tú, pero podrías ayudarle. Él quería mucho a Marina, pero ella desapareció de pronto y por eso le está costando tanto recuperarse de su enfermedad.

—¡Pues vaya amiga que era esa Marina! Se larga en el peor momento. ¡Que la olvide! No sería una buena persona.

—Sí lo era. —Un gemido se escuchó al otro lado de la línea.

—A ver... —Marina empezaba a perder la poca paciencia que tenía—. No sé ni cómo te llamas, ni qué tengo que ver yo en esta historia.

—Perdona, me llamo Elvira. Soy la hermana de Toni. No es mucho lo que te estoy pidiendo. Si hablas con él, aunque no seas la Marina que él espera, le vendrá bien.

—Es una conclusión absurda, no sabes cómo soy. ¿Y si soy una borde, una antipática y lo único que hago es molestarle? Tengo un carácter difícil —confesó.

—Que hayas vuelto a llamar dice mucho de ti. ¿Cuántos años tienes?

—Catorce.

—Me alegro, mi hermano tiene dieciséis.

—¿Dónde vivís? Lo mismo estáis en la otra punta del país y no podemos vernos nunca, eso tampoco creo que le guste a Toni.

—En Madrid, en Carabanchel.

—Ay, vaya.

Marina pensó en mentir, en decir que vivía en Valencia, o en Canarias, lo más lejos posible. Carabanchel se encontraba a unas cuantas paradas de metro, se podía llegar en media hora. Pero, de pronto, se acordó de algo que le dijo Luis: «Todos tenemos algún talento, aunque sea para ayudar a otros». Y aquello parecía una llamada de auxilio. ¿Se estaría metiendo en un lío peligroso? Seguro que, si se lo contaba a su madre, le diría que colgara en ese mismo momento.

—Te volveré a llamar, te lo prometo —solo se le ocurrió decir.

Y colgó. ¿Qué pintaba haciendo promesas a una desconocida? Tenía que pensar en cómo resolver este entuerto. Ella, que jamás pensaba nada, que actuaba por impulsos, necesitaba reflexionar la respuesta o, al menos, consultarla con alguien de confianza, y solo había una persona capaz de darle una solución. Suspiró al recordar el cabello ondulado de Luis y sus ojos miopes. Sin pensarlo, marcó el número de Ludwig.

14. Do, de dolor (y no en el cuerpo)

—No te vas a librar de mí.

Rafa apareció sin avisar en casa de Roberto, quien agradecía el empeño de su amigo pero, al tiempo, le angustiaban los sentimientos que le provocaba. El dolor era una multiplicación constante, ya no sabía hacia dónde mirar. Si miraba en su interior, solo encontraba tristeza e incertidumbre. Si miraba a los ojos de Rafa, el cariño se transformaba en miedo. Nadie más le inspiraba ese afecto descontrolado, ningún otro amigo, ninguna chica. ¿Qué diría su padre de eso? ¿Qué habría comentado si hubiera visto el pijama rosa, las lacas de uñas de colores chillones, el maquillaje? ¿Se habría desilusionado cuando siempre se sintió orgulloso? ¿Y qué pensaría el propio Rafa si supiera…? Seguro que saldría corriendo y perdería al único amigo que le quedaba. El silencio era la única salida. Un silencio que acrecentaba el dolor porque se quedaba atrapado en su pecho, como una piedra opresora.

—No ha estado mal el ensayo. Vamos a hacer un grupo bueno. Y seguro que Sandra cede y cantamos rap.

—Seguro —respondió Roberto casi en un susurro.

—Con lo que te gustaba cantar... —Rafa se arrepintió al instante de sus palabras—. Quiero decir que cantas bien, que es muy importante que estés en el coro.

—Hace tiempo que no canto fuera del coro —suspiró—. Desde que...

—Pues deberías hacerlo. Dicen que quien canta su mal espanta.

—En mi caso es al revés, me pone más triste. No puedo casi ni escuchar música, me hace llorar. Estoy demasiado sensible.

—Quizá puedas en compañía, para eso sirve el coro.

—Espero que sea así. A veces pienso que Sandra lo ha montado para mí.

—Pues ha sido una buena idea. Y también le va a venir bien a otra gente. Estoy pensando en alguien en concreto. Tengo algo que contarte, pero es un secreto. No se lo puedes decir a nadie —susurró Rafa como si las paredes pudieran oírlo.

Roberto se sobresaltó. Esas eran las palabras que él debería haber pronunciado: «Tengo que contarte un secreto». Pero no se sentía capaz de revelarle sus dudas y sus certezas, y su amigo se le había adelantado.

—He escrito otro rap —dijo con orgullo.

—¡Vaya secreto! —rio Roberto.

—Verás..., está dedicado a una chica.

—¿Una chica? —El corazón de Roberto comenzó a latir a mil por hora.

—Sí, Laura. La que está en el coro que...

—Sé quién en es Laura —cortó Roberto con brusquedad.

—Me gusta mucho, siempre me gustó —siguió Rafa—. Cuando desapareció por su enfermedad no dejé de pensar en ella, pero no tenía su número. Además, sus amigas me dijeron que le habían confiscado el móvil en el hospital y que apenas podían hablar con ella. Cuando volvió no me atrevía a acercarme...

Rafa hablaba, pero Roberto casi no le escuchaba. Sentía unas ganas inmensas de llorar y no debía hacerlo delante de su amigo. Llorar por su padre, por él mismo, porque no sabía quién era, porque era evidente que Rafa nunca correspondería a su amor, porque estaba solo, muy solo, y sentía mucho miedo.

—Le he escrito ya dos raps. El primero se lo dejé pegado en la puerta de su casa. Quiero que escuches el segundo, a ver qué te parece. Espero que le guste el rap, si no, ¡vaya tontería que estoy haciendo! ¿Crees que así conseguiré que se enamore de mí?

Entonces se dio cuenta de que los ojos de Roberto brillaban, que no había pronunciado una palabra, que quizá ni siquiera le había escuchado.

—Lo siento —musitó—. Yo aquí con mis rollos, contándote una cosa sin importancia, y no te dejo hablar. Pero no sé cómo hacer para que te sientas mejor, pensé que contarte mis secretos te ayudaría a olvidar tu tristeza.

—¿Qué sabes tú de mi tristeza? —le respondió, enfadado.

—Yo solo quería entretenerte un rato. No es justo que me hables así —se quejó Rafa.

—Nada es justo. Que mi padre haya muerto no es justo, que tú... —se detuvo, no debía contar más.

—¿Que yo qué? —Rafa no entendía la reacción de su amigo.

—Nada, olvídalo. No estoy bien, lo siento, no soy una buena compañía. Será mejor que te vayas.

—Si no estás bien, lo que necesitas es no estar solo.

—Hoy sí —quiso zanjar Roberto.

—De acuerdo, me largo —dijo Rafa, airado—. Ya sabes

dónde estoy. Cuando quieras, me llamas. No te preocupes, no volveré a venir sin avisar.

Cogió la mochila y salió de la habitación dando un portazo que retumbó en el corazón de Roberto.

—Lo siento, es que yo también te quiero —dijo en la soledad de su cuarto, entre lágrimas y cuando ya nadie podía oírle.

15. Re, de regalo (a modo de canción)

Corrió como si la persiguieran, corrió en dirección contraria a su casa para que pareciera que de verdad iba a hacer un recado, corrió para sentirse ligera como una pluma. Solo daría un rodeo que le vendría bien para quemar grasas, aunque no se había comido ni la fruta a la hora del recreo. Así esquivaría a Marta y a Eva, no deseaba hablar con ellas, ni con nadie. Laura prefería esconderse dentro de sí misma, no hablar, no vivir, pasar rozando la superficie de las cosas. Reconocía las buenas intenciones de sus dos amigas. ¿Amigas? ¿Merecía tener amigas fieles como ellas a pesar de sus desplantes? Acabarían hartándose, pero no soportaba que la vinieran con consejos, que quisieran saber más de lo que su propio cuerpo delataba. No la entenderían. Ni ella misma se comprendía. Era como si estuviese muerta, ajena a los demás, a la lucha por la vida, inmóvil, cansada. Regalaría su cuerpo, lo dejaría desaparecer, lo volvería invisible; porque lo odiaba.

Enfiló la calle y ralentizó el paso, miró hacia atrás y le pareció que alguien la seguía, no era ni Eva ni Marta. Una figura masculina se deslizó tras la esquina, no le dio tiempo a reconocerlo.

Cuando llegó al portal, encontró de nuevo un papel pegado al cristal de la puerta. No pudo evitar una sonrisa. Lo arrancó con más cuidado esta vez, hubo de reconocer que le hacía gracia el empeño de ese chico, fuera quien fuese, por llamar su atención. Podría desenmascararlo al día siguiente, plantarse delante de él y decirle: «Eh, tío, ¿tú de qué vas? ¿Por qué escribes esos versos tan malos?». Pero prefería recibir más regalos como aquel, aunque estuviese lleno de ripios. Se lo guardó en el bolsillo y decidió leerlo antes de subir a casa. Se sentó en el primer banco que encontró en la calle y leyó:

Ya ves, yo sigo tu camino,
aún no nos une el destino.
No sabes quién soy, no te lo digo.
Solo un tío raro que quiere tu cariño.
No te asustes, no te persigo,
no soy un loco ni un ido.
Solo quiero darte un respiro,
empapelar tu calle con algo divertido.
Por una sonrisa tuya olvido
que la vida me tiene aburrido.
Búscame en las paredes, yo te invito
a encontrar mis palabras de mendigo
pegadas en los cristales de cualquier edificio.
Sonríe, Laura, lo que has vivido
ya es pasado, no es tu destino.
Mira adelante. Si lo consigo,
en un tipo feliz me habré convertido.

Dentro de su cabeza sonaba como un rap, una canción sin melodía dedicada a ella. Esperaba que el autor cumpliera su palabra, que empapelara la calle con versos que le hicieran recordar quién era: una adolescente frágil pero que no estaba sola, que tenía amigas e, incluso, un admirador con ínfulas de poeta. Si pudiera mirar hacia delante, si su problema fuese solo pasado, ella también sería feliz.

16. Mi, de milagro (aunque sea pequeño)

—Toni vive en Carabanchel —soltó Marina en cuanto Luis respondió a la llamada.

—¿Has hablado con él?

—Con su hermana, se llama Elvira. Quiere que me ponga en contacto con Toni. Por lo visto esa Marina desapareció sin más y el chico la echa de menos.

—¿Vas a ir? —preguntó Luis.

—No lo sé, es muy raro. No creo que sea capaz de acercarme sola. ¿Me acompañarías?

Luis no respondió, se hizo un silencio incómodo.

—¡Vaya! Me animas a meterme en este lío y ahora te rajas —protestó Marina.

—Es tu lío, no el mío.

—Te estás haciendo el sordo, como Beethoven.

—No metas a Beethoven en esto —saltó Luis.

—¿Cómo se puede ser músico y sordo? —preguntó Marina refiriéndose al músico y a su amigo que parecía no escucharla.

—Era un genio —aseguró él.

—Parece una maldición.

—No, en realidad es un milagro. Podría haberse desesperado o suicidado, pero no lo hizo porque deseaba mostrar su capacidad como músico. El arte lo retuvo: no quiso dejar este mundo antes de componer, de haber producido todo lo que sentía. Todos podemos pensar de esta manera, vivir con la idea de que aún tenemos que sacar mucho de nosotros mismos, dejar aunque sea un pequeño recuerdo en los demás.

—¡Qué cosas dices! ¿Lo haces para impresionarme?

—No, para que sigas su ejemplo. Tienes mucho que sacar de ti misma, y no eres sorda ni estás enferma.

—Eso quiere decir que me animas a que vaya a ver a Toni y que me vas a acompañar.

—Marina, es tu misión, no la mía.

—Por favor —rogó con voz de niña pequeña.

—Está bien —suspiró él—. Pero solo hasta la puerta, no pienso entrar contigo.

—Al menos harás de guardaespaldas, por si esto es un timo o algo así.

—No seas desconfiada, solo ha sido una casualidad milagrosa.

—¡Qué pesado te estás poniendo con los milagros! Milagro será que yo sirva para ayudar a alguien. Lo mismo me ve y a los dos minutos no me aguanta y me echa de su casa.

—Lo dudo. Tú misma no sabes cuánto vales.

Ahora fue Marina quien permaneció en silencio. No sabía qué responder a las palabras de Luis, que le habían tocado el corazón. Ya no recordaba cuándo fue la última vez que alguien le había dicho cuánto valía. Ni en clase ni en casa creían en ella. Solo Luis. ¿Cómo no iba a enamorarse de él, igual que la Lucy del cómic?

—Gracias —dijo, al fin, con una timidez impropia de ella.

—¿Cuándo quieres que vayamos?

A Marina le pareció que Luis tenía demasiada prisa, pero no se lo dijo porque ella también prefería quedar con él lo más pronto posible, aunque fuera para meterse en una aventura descabellada.

—Hablaré con Elvira, a ver qué me dice, y te cuento. ¿Cuándo puedes tú? Tienes las clases de violín y una hermana que no te pierde de vista. Yo no hago nada interesante desde que llego del instituto, salvo mirar el móvil sin parar y pelearme con mi familia.

—Me da igual el día y la hora, no me importa perder una clase y mi hermana se las puede arreglar sin mí una tarde.

Marina pensó que era por ella. Ludwig estaba dispuesto a abandonar su mundo perfecto, su música, su familia, para seguirla. Aunque fuese solo un rato. Lo interpretaba como una señal evidente de que al chico le gustaba su compañía más de lo habitual en dos compañeros de coro. Para continuar a su lado, estaba dispuesta a meterse en cualquier lío y aquello de Toni y Elvira no parecía un asunto sencillo.

—En cuanto sepa algo, te llamo.

—¿Sabes? —habló Luis con un tono de confidencia—. Beethoven siempre intentó disimular su sordera, desde los veintiocho años. Quizá todos intentamos disimular algo ante los demás.

—Yo no sé disimular —confesó Marina—. Soy demasiado impulsiva y directa. ¿Crees que debería hacerlo?

—Ni se te ocurra. Es genial que seas así. A Toni le gustará.

Y colgó sin despedirse, dejando a Marina con las ganas de preguntarle por qué creía que a Toni le gustaría su carácter y, sobre todo, por qué pensaba que ella era genial. Se quedaría con la respuesta que más le gustase. Y la saborearía hasta que se volvieran a ver.

17. Fa, de fácil (eso parece)

Por fin era viernes. Sandra esperaba con impaciencia los ensayos, un tiempo en el que recuperaba la ilusión aunque fuese por una hora, en el que se sentía auténtica, pletórica, renovada. Deseaba transmitir esa pequeña alegría a todos los miembros del coro. Por eso, buscaba las canciones más adecuadas, aquellas que podían gustarles, que les tocasen el corazón, que sirvieran para formar grupo, para expresarse, para desahogarse.

Eva le había pasado el enlace de uno de sus temas favoritos y le había pedido que considerase la posibilidad de cantarlo en el coro, sin decir que había sido una propuesta suya. Era una canción triste, hablaba de nostalgia, de lo que se añora a alguien que no está, por eso tuvo dudas. La profesora sabía que algunos de ellos vivían un duelo. Ella también. Aún le pesaba su separación, la ruptura, el cambio, la sensación de fracaso. Muchos echaban de menos a alguien que se fue, que murió, que desapareció de sus vidas, y se sentían perdidos y desamparados. Si soltaban esa pena juntos, si la cantaban, se haría más pequeña. Pero ¿cómo reaccionarían ante la propuesta de poner palabras y música a su dolor? Había llegado el momento de comprobarlo.

—He traído una canción nueva para ensayar —les contó, nerviosa—. Primero os pondré el vídeo para que la escuchéis, seguro que os suena. He preparado un arreglo para coro, es una balada rap melódica...

—¡Un rap! ¡Gracias, profe! —saltó Rafa, entusiasmado.

Sandra miró a Luis, que no decía nada pero se había quedado muy serio. Corría el riesgo de perder a su pianista, algo que sería desastroso, pero también debía pensar en los intereses del grupo, y ese rap, desde luego, se parecía poco a los que componía Rafa.

—Os voy repartiendo las partituras, marcad cada uno vuestra voz con el subrayador. Se titula *I'll Be Missing You.*

—*Te echo de menos* —tradujo Marina en voz alta.

La canción comenzó a sonar. Aunque la letra estaba en inglés, muchos fueron capaces de captar su significado.

La vida no siempre es lo que parece ser.
¡Las palabras no pueden expresar lo que significas para mí!
Aunque te hayas ido, seguimos siendo un equipo...
No puedes imaginar todo el dolor que siento,
daría cualquier cosa por escuchar la mitad de tu aliento.
Sé que sigues viviendo tu vida después de la muerte.
Cada paso que doy,
cada movimiento que hago,
todos los días,
cada vez que rezo,
te extraño.
¿Qué vida tomar?
¿Qué vínculo romper?
Te extrañaré.

Te extrañamos.
Es duro que no estés por aquí.
Te reconozco en el cielo sonriendo,
mirándonos mientras oramos por ti.
Hasta el día que nos volvamos a encontrar,
en mi corazón es donde te guardo, amigo.
Los recuerdos me dan la fuerza que necesito para proceder,
la fuerza en la que necesito creer.

Los ojos de Roberto brillaban. Sandra sabía que le costaba llorar en público, se lo había confesado un día, después de clase, cuando el resto de los compañeros se había marchado. «Es bueno llorar, ayuda a desahogarse», le había dicho ella. Llorar, ¡cuántas lágrimas derramadas en los últimos meses!

—Es buenísima —habló Rafa cuando acabó la canción para romper el silencio que se había creado —. Es historia de la música. Habla de un rapero que murió, el rapero más famoso del mundo. Es una canción que grabó Puff Daddy en memoria de Notorious B.I.G., que fue asesinado.

—¿Asesinado? —preguntó Marina.

—Sí. Nunca se supo quién lo mató, el caso sigue abierto desde finales del siglo pasado. Por eso es una canción llena de significado.

—Me alegro de que te guste —dijo Sandra—. Y espero que a los demás también. Todos echamos de menos a alguien, será como un homenaje a los que ya no están.

—Un homenaje a mi padre —logró pronunciar Roberto.

—Y a mi abuela, que murió hace menos de un año —dijo Marta.

—Y a una amiga que se fue demasiado pronto —habló Luis.

Laura pensó que, si hubiera continuado en la cuesta abajo, también se lo habrían dedicado a ella. Aún cabía la posibilidad de que el vértigo de la muerte regresara. Le aterrorizaba que el impulso de lanzarse al vacío fuese más fuerte que ella misma. Al menos, ese rato cantando le devolvía las ganas de vivir.

—Pero no es solo un rap —aseguró Luis—. Utiliza como base la melodía de la canción *Every Breath You Take* de The Police. Por eso suena bien.

—¿Quieres decir que el rap no suena bien? —saltó Rafa.

—Ya sabes lo que pienso —respondió con mal tono.

—También cantaremos algo de Beethoven, Luis. Te lo prometo —intervino Sandra.

—¡Es una canción preciosa! —exclamaron Eva y Marta a la vez. Se miraron y rieron.

—¡Gracias, profe! —dijo Eva con una mirada cómplice y cara de felicidad.

Arrancó a aplaudir y los demás la siguieron. Incluso Luis, que parecía dispuesto a acompañarlos con el piano, aunque fuese un rap.

—A mi padre le encantaban los Beatles. ¿Podremos cantar alguna canción de ellos? —pidió Roberto.

—Seguro que sí.

Las peticiones de los alumnos le parecieron una forma de aceptar el juego, de implicarse en el coro. La respuesta era positiva, resultó más fácil de lo que había imaginado. Debía confiar en ellos, beber del entusiasmo de la adolescencia y dejarse llevar. A ver hasta dónde llegaban.

18. Sol, de solución (casi todo la tiene)

—¿Quién era esa amiga tuya que se fue demasiado pronto?

Marina abordó a Luis en cuanto acabó el ensayo, dispuesta a no separarse de él hasta que llegase a su casa. No le había pasado desapercibido el comentario del pianista.

—Una amiga —balbuceó, molesto.

—Eso ya lo has dicho. Pero ¿qué le paso?

—Prefiero no contarlo. No seas indiscreta, ¿no ves que no quiero hablar de ello?

—¿Era tu novia? —insistió. No era la primera vez que le preguntaba algo así.

—Yo nunca he tenido novia.

—¿Y novio? —saltó Marina, sin pensar.

—¡Deja de decir tonterías!

Luis aceleró el paso, intentaba zafarse de la compañía de Marina pero ella no se resignaba a abandonar.

—Lo siento —se disculpó—. Sé que a veces soy una pesada.

—No sabes cuánto.

—Deja que te acompañe, Ludwig.

No respondió, habría preferido que se largase, que lo dejase en paz de una vez. En el fondo, le daba lástima aquella chica tan descolocada, era como un perrillo abandonado que seguía su sombra; impertinente, pero fiel.

—Venga, cuéntame algo de Beethoven. Ya sabes, cualquier cosa mejor que volver a mi casa de locos.

—Lo tuyo tiene fácil solución. No sé por qué te quejas tanto de tu familia.

—Porque es... Somos un desastre.

—Él sí que tuvo una familia difícil. Su padre era un músico mediocre y borracho que se empeñó en convertir a su hijo en otro Mozart. Lo sentó al piano con cuatro años. Desde muy pequeño, le obligaba a tocar durante horas, sin descanso, y lo despertaba a media noche, cuando volvía de emborracharse, para que siguiera practicando.

—Pues sí, es peor que lo mío. Mi padre no me levanta para que estudie cuando llega a las tantas.

—Hasta lo encerraba en el sótano como castigo. Él mismo decía que fue un milagro que no acabara odiando la música por culpa de aquel maltrato. A pesar de todo, siempre mostró cariño hacia sus padres.

—Tiene mérito. Es como para odiar la música, a tus padres y al mundo entero. Era un buenazo tu Beethoven.

—No creas, tampoco era un santo. Tuvo muchas sombras. Tenía mal carácter, era muy descuidado con su aspecto y muy inquieto. En los años que vivió en Viena se cambió de casa más de cincuenta veces.

—¡Qué horror! ¡Cincuenta mudanzas!

—Además, tenía tres pianos. Nunca estaba del todo a gusto. Y a veces eran los vecinos quienes protestaban por el jaleo que montaba. Hablaba de libertad y de justicia, pero no trataba bien a sus criados, tenía un temperamento terrible.

—¡Vaya! Nadie es perfecto.

—Pero compuso una música maravillosa. Deberías escucharla.

—Uf, no sé si me va a gustar.

—Ve poco a poco. Tendrás que acostumbrar tu oído a la música clásica.

—¿Por dónde empiezo? ¿Cuál es tu canción favorita de Beethoven?

—¿Canción? —rio Luis—. ¿Te piensas que era como los cantantes famosos que escuchas?

—Bueno, lo que sea, ¿sinfonía?

—Mejor que no te tragues ninguna entera, escucha el principio de alguna. De la tercera, la *Heroica*. Tiene una historia curiosa, se la iba a dedicar a Napoleón porque pensaba que llevaría la idea de libertad a toda Europa, hasta que se autoproclamó emperador y empezó a invadir países. Entonces renegó de él. Parecen solo sonidos, pero cuenta una historia: el héroe se cree invencible, se enfrenta a dificultades, muere, resucita y su alma llena el universo. El primer movimiento recuerda a un campo de batalla en pleno combate. El segundo es como una marcha fúnebre. Y el tercero…

—Escucharé solo el primero, no estoy para músicas fúnebres.

—Ya me dirás qué te parece. Puedes oírla mientras haces otra cosa, mientras lees o haces alguna tarea.

—Tampoco leo demasiado —reconoció Marina—. Lo que más hago es mirar el móvil, a todas horas.

—¡Cuántas cosas te estás perdiendo!

—Si tú lo dices…

—A Beethoven le gustaba mucho leer. Sobre todo a los poetas del Romanticismo.

—¡Ya estamos con el sordo otra vez! —protestó medio en broma.

—Vale, ya no te hablo más de él, por hoy. Además, ya hemos llegado a mi casa, no te queda más remedio que irte a la tuya.

—He decidido que voy a visitar a Toni cuanto antes. ¿Me acompañarás mañana, Ludwig?

—Hecho. Quedamos en el metro a la hora que me digas.

—Gracias.

—No tienes por qué darlas —dijo sin mirarla a la cara—. Algún día te contaré lo de mi amiga, te lo prometo. Ahora no puedo. Ya lo comprenderás y espero que me perdones.

Se despidieron sin un gesto de afecto, por lo visto Luis no era muy dado a las efusiones, y Marina echaba de menos un beso en la mejilla, un abrazo o un simple choque de manos. Después de hablar con él, le parecía todo mucho más sencillo, hasta sus problemas familiares tenían solución. Desde luego, aquel músico despeinado le estaba cambiando la vida. Y no se refería solo a su compañero del coro.

19. La, de latido (compartido)

—Espero que no te haya sentado mal que Sandra haya puesto esta canción. Se lo propuse yo porque me gustaba, no pensé que pudiera hacer daño a alguien. Lo siento.

Eva no sabía cómo disculparse ante Roberto. A ella no le habría gustado cantarla si se encontrase en la situación de él. No le había tenido en cuenta y lo lamentaba.

—No pasa nada. Esta bien la canción —aseguró Roberto.

—Dejad de charlar —les interrumpió Marta—. Tengo mucha hambre. ¿Vosotros no?

A Eva le sorprendió no haber pensado en la comida durante todo el ensayo, a pesar de la hora que era. Otro motivo para darle las gracias a Sandra.

—Hasta el lunes, chicos —se despidió la profe—. Y no os olvidéis de ensayar un poco.

Roberto esperaba que Rafa se acercara para ir juntos a casa, pero su amigo seguía molesto y se escabulló detrás de Laura, a la que no quitó ojo en todo el ensayo. Su corazón latía deprisa, desbocado, y la desilusión se unía al duelo. No se podía estar más triste. Si el coro le seguía causando dolor, tendría que dejarlo, aunque Sandra lo hubiera montado casi exclusivamente para él.

Salió del instituto con Eva y Marta, que no dejaban de hablar y de reír. Parecían felices y sorprendía que se llevaran tan bien siendo tan distintas. O al menos era lo que parecía desde fuera: una, inquieta, menuda y rubia; la otra, sosegada, grande y morena.

—Te sienta bien la raya del ojo, Roberto —le dijo de pronto Marta.

Le extrañó la soltura con la que lo soltó. Casi siempre, los compañeros evitaban hablarle de su indumentaria, de sus uñas pintadas, del maquillaje. Solo le miraban y sonreían con malicia.

—Y sabes pintarla, yo soy un desastre y cada vez que lo intento me sale torcida —comentó Eva.

—Yo ni siquiera lo he intentado —confesó Marta—. Pero seguro que no me queda tan bien como a ti, que tienes unos ojos preciosos.

—¿Por qué no nos enseñas? —propuso Eva.

—Y a mí tampoco me vendría mal que me dieses unas clases de inglés. Con este profe no me entero de nada —dijo Marta.

—Tú lo hablas mejor que él —aseguró Eva—. ¿Cómo tienes tan buen nivel?

—Mi padre era irlandés, él me hablaba en su idioma, viajé allí varias veces y cantábamos muchas canciones en inglés.

—¡Qué suerte!

Sí, era una suerte haber tenido un padre así. Era una desgracia haberlo perdido. Sin pensarlo, empezó a entonar la canción:

—*I'll Be Missing You...*

Las chicas lo siguieron. Sonaban bien los tres, como una sola voz, soltando su tristeza, hasta que una tímida sonrisa brotó de los labios de Roberto y las dos amigas se pusieron a bailar, en plena calle, una divertida coreografía.

—Tenemos que enseñar este baile a los compañeros del coro —dijo Marta, entre risas—. Sería estupendo cantar y bailar a la vez.

—¡Y yo que pensaba que era un pato mareado bailando! —contó Eva.

—¿Tú? ¡Si bailas muy bien! Tienes ritmo —respondió Marta.

—¡Gracias!

Eva la abrazó y Marta le dio un sonoro beso en la mejilla. El corazón de Eva latió con más fuerza, ¡cuánto le gustaba el entusiasmo contagioso de aquella chica!

—¡Gracias! —repitió Roberto—. Habéis hecho que llegue contento a casa.

—Entonces, no te soltaremos. Estas dos pesadas no se van a separar de ti, ¡vas a acabar harto! —bromeó Marta.

Los tres sintieron que formaban un equipo, y esa unión era lo que necesitaban para seguir adelante.

20. Si, de sinceridad (de ida y vuelta)

Había conseguido que su voz sonara firme, que no se quedara en un tímido susurro. Laura se sintió contenta, por primera vez en mucho tiempo. Su tono de soprano se confundía con el de los demás, las voces empastaban y formaban algo diferente, nuevo, único. La música acariciaba su piel y la sanaba, aunque solo fuera durante ese rato, lejos de la realidad, desprendida de sí misma, ajena a su cuerpo y a su vida incierta. Le habría gustado que esa unión continuara después, cuando recogían las mochilas y cesaba la melodía; pero entonces descendía a la mezquindad de sus huesos, a los arañazos en la piel, a la tristeza de su mirada, y solo podía atrapar el eco del instante pasado.

Los compañeros se habían acostumbrado a sus desplantes, a la distancia infinita que marcaba con ellos, y evitaban alterar su frágil equilibrio. Ni siquiera Eva y Marta insistían en acompañarla, aunque no se habían dado por vencidas y esperaban un gesto de Laura para regresar a su lado. No sería en esa ocasión. Las vio salir riendo, acompañando a Roberto, que necesitaba un colchón de alegría tanto como ella misma. Sus dos amigas se lo proporcionarían a cambio de nada.

Había olvidado que alguien más en el grupo se preocupaba por ella, alguien que salió de clase antes de que sonara el timbre, a la carrera, para darle, de nuevo, una sorpresa.

Caminó con pereza, no deseaba regresar ante el plato lleno ni sentir alrededor el aire espeso que flotaba en casa, por su culpa. Todos temían sus reacciones, incluso evitaban mirarla de frente y comprobar que continuaba mostrando los huesos a través de la piel desvaída. No soportaba ver ese temor inmenso en los ojos de cada uno, de ella misma. Casi no podía pensar en otra cosa. ¿Cómo escapar del miedo que todo lo mancha, que todo lo pudre, que todo lo ennegrece?

Laura, mírame, aquí estoy de nuevo.
Pasas por mi lado a cada momento
y no sabes que existo, soy un espectro
que te mira arrobado sin hacer un intento
de acercarse a tus ojos color de cielo.
Tienes valor, estás resurgiendo,
cantas como un ángel que alza el vuelo.
Yo escribiría letras para tus conciertos,
serías una estrella en el firmamento.
No me descubro porque me avergüenzo.
Quizá me rechaces por torpe, por feo
y no pueda ni dedicarte más versos.
Seguiré escondido, oculto, secreto,
seguiré tus pasos para decirte: te quiero.
Si acaso te incomoda este raro empeño
no tienes más que romper, en este momento,
la hoja de papel que declara mis sentimientos.
No quiero más, nada más anhelo
que yo te siga contemplando y tú me sigas leyendo.

Los versos aparecían en un papel, en el portal, donde siempre. Los leyó despacio, ya no le parecían tan malos, ni las rimas tan ripiosas. No deseaba romper el papel, quería releerlo muchas veces a solas, en su habitación, en su refugio. La ayudaría a sentirse menos insignificante, menos triste, aunque no se creyera que su voz fuese la de un ángel ni que las letras de esos raps improvisados fuesen a convertirla en una estrella.

De pronto, sintió su presencia, él se encontraba cerca, la estaba observando, seguro. Quizá deseaba saber si ella rompía el folio o no. Se giró y comprobó que una sombra se escondía en la esquina de la calle. Se acercó con sigilo, dispuesta a desenmascararlo. De manera inesperada se plantó delante de él. Rafa, sorprendido, dio un respingo.

—¿De qué vas, chaval? —le espetó ella, estrellándole el papel sobre el pecho.

—Yo... —balbuceó Rafa.

—Son muy malos tus versos —quiso parecer antipática.

Laura arrugó el papel, pero en lugar de tirárselo a la cara se lo guardó en el bolsillo del pantalón. Rafa pensó que aquello significaba algo bueno.

—Hay otras cosas que sé hacer mejor —dijo él.

—¿Sí? ¿Por ejemplo?

—Pues... encestar papeles en una papelera. Soy un campeón.

—Vaya. —Una sonrisa burlona se escapó de los labios de ella—. Podrían ficharte en la NBA.

—¡Y trenzas! Sé hacer trenzas. Con esa melena tan bonita que tienes te podría hacer una que saldría de arriba y te recogería...

—¿Te haces trenzas con ese pelo tan corto o se las haces a tus muñecas?

—A mi hermana mayor, ella me enseñó. Cuando quieras te lo demuestro.

Rafa pensó en lo que le gustaría acariciar el cabello de esa chica, tocar su cabeza, sus hombros, sus...

—No hace falta —cortó los pensamientos de Rafa con brusquedad—. Lárgate ya.

—Lo siento. No quiero ser un pesado. Voy a ser sincero: tú me gustas mucho, Laura, ya te lo he declarado en los versos. Creo que eres estupenda, inteligente. Y sé que también simpática y divertida, aunque ahora no lo demuestres y se te haya olvidado. A mí no. Si me dices que no me vuelva a acercar, lo haré, pero creo que...

—Está bien. Me pensaré lo de la trenza. Y voy a ser sincera yo también: tus versos no son tan malos.

Se introdujo en el portal, se escurrió como una anguila sin que Rafa pudiese detenerla, y cerró la puerta sin despedirse; daba así por terminada la conversación, dejando al chico plantado sin saber qué pensar, qué conclusión sacar de aquel encuentro extraño. Al menos, no lo había echado con brusquedad y se iba a pensar lo de la trenza. Entonces, se imaginó acariciando ese cabello castaño, esa cabeza, ese cuello...

21. Do, de dominar (la situación)

—Estoy nerviosa —confesó Marina nada más ver a Luis.

Habían quedado en el parque, en la fuente, para acercarse juntos a ver a Toni, aunque solo ella entraría en la casa.

—Es normal, vas a un sitio extraño, a ver a un desconocido. No sabes qué te vas a encontrar. Me alegro de que no te hayas arrepentido.

—Es que ni lo he pensado, si le doy vueltas seguro que me echo atrás. Ya sabes que soy mucho de impulsos y nada de meditar. Así me va.

Enfilaron hacia la boca del metro, en pocas paradas estarían en la calle donde Toni vivía. Marina ni siquiera había pensado qué le iba a decir.

—Cuéntale quién eres, lo que haces...

—El coro es lo único interesante. No quiero hablarle de las peleas en mi casa el primer día, ni de lo mala estudiante que soy, ni de que mis amigas acaban huyendo de mí, ni de que soy un desastre.

—No exageres. Eres simpática y divertida, hasta puedes bailarle algo.

—¡Qué vergüenza!

—Es la primera vez que te oigo decir esa palabra. ¡Si tú no tienes!

Rieron hasta llegar al metro.

—He escuchado la tercera de Beethoven, la *Heroica* —dijo Marina, satisfecha—. Bueno, entera no, solo un rato.

—¿Y qué te ha parecido?

—No está mal, se puede bailar. Chan, chan, naa, na, naa, na, na, na, naa, na...

Marina empezó a moverse como una bailarina de *ballet,* dando saltos por el andén sin ningún pudor. Algunos usuarios la miraban extrañados. Luis rio a carcajadas.

—El baile clásico no es lo tuyo —se burló el chico.

—Es que aún no he dado ni una clase. Si no..., te ibas a enterar.

—Al menos tienes buena memoria y oído musical, te acuerdas de la melodía.

—Sí, las canciones y las músicas se me quedan enseguida, ojalá se me diera igual de bien acordarme de las lecciones.

—Ponles música.

—Los temas de Biología no riman ni tienen ritmo ni me motivan a bailar.

—Así que te da vergüenza bailar delante de Toni y no del montón de personas que hay ahora mismo en el andén.

—Son desconocidos, no van a verme más.

—Te equivocas, en el andén de enfrente está Rafa, el plasta ese del rap —dijo en voz baja señalando al compañero. Rafa esbozó una sonrisilla burlona y les saludó con la mano.

—¡Mierda! —exclamó Marina.

Dejó de bailar, en ese momento llegaba el tren, y el andén contrario desapareció de su vista.

—Me gusta la *Heroica* de Beethoven —aseguró la chica.

—¿Lo dices de verdad o para no quedar mal conmigo?

—A ver, no estaría toda la tarde escuchándola porque me aburriría, pero es agradable, da subidón. Es la canción de los héroes.

—Tú también lo eres. Es heroico que te embarques en una aventura como esta.

—Es de locos, más que de héroes. No sé si sabré dominar la situación. Siempre puedo salir corriendo.

—Sabrás, estoy seguro.

No sabía si estaba allí para que Ludwig la acompañara, no sabía si le gustaba la *Heroica* para que Ludwig se alegrara, para que pensase que tenían más en común de lo que en realidad tenían. Todas las dudas crecieron como la espuma en cuanto llegaron ante el portal de la casa de Toni.

—Es el tercero D.

Fue Luis quien pulsó el timbre del portero automático. Una voz femenina respondió y Marina dijo su nombre, casi temblando.

—Por favor, espérame aquí.

—Tranquila, no me iré. Pero no le digas que estoy aquí. Buena suerte.

No se atrevió ni a coger el ascensor y subió a pie los tres pisos para demorar la llegada. En el rellano, Elvira la esperaba con una sonrisa de bienvenida.

22. Re, de recordar (aunque no se quiera)

—Gracias —dijo mientras la invitaba a entrar.

Marina permanecía en silencio, expectante, con todos los sentidos alerta para no perderse nada.

—Soy Elvira, la hermana de Toni. Gracias por venir.

Era una chica de unos veinte años, de aspecto agradable, sus enormes ojos castaños la miraban complacidos, como si aprobase lo que veía. La primera impresión había sido buena para ambas.

—Él está en su habitación, no ha pasado buen día —contó mientras caminaban por el pasillo—. El tratamiento de su enfermedad tiene muchos efectos secundarios, le deja sin fuerzas y sin ánimo. Hoy está de bajón.

—Si prefieres, vuelvo otro día… —intentó escabullirse.

—No, ya le he dicho que venías. Será peor si no apareces. La novedad le vendrá bien, seguro.

Elvira golpeó la puerta con suavidad y llamó a su hermano sin levantar la voz.

—Toni, Marina ha venido a verte.

Tardó en abrir un tiempo que a Marina le pareció infinito. Al fin, apareció Toni, sentado en una silla de ruedas. Se miraron un segundo, antes de que él se diera la vuelta.

—No eres Marina —balbuceó.

Sintió cómo Elvira la empujaba levemente hacia dentro de la habitación en penumbra, la luz se filtraba entre las persianas proyectando lunares dorados sobre los objetos y sobre el rostro del muchacho. En un impulso, ella subió de golpe las persianas, no soportaba los lugares oscuros, y él se quejó.

—¡Eh! Me molesta el sol.

—Tengo que verte y tú a mí. Así comprobarás que soy Marina.

Ella le tendió la mano, como para presentarse; él no se la rechazó pero se la estrechó sin fuerza. Todo en él resultaba lánguido: la mano delgada, el cuerpo desmadejado en la silla, el rostro pálido como si llevase años escondido en su cueva sin ver la luz del sol. A pesar de su aspecto frágil, poseía unos rasgos definidos, fuertes y atractivos. A Marina le pareció un chico guapo, aunque le faltasen unos kilos, un gimnasio y unos días en la playa.

—No sé quién eres —volvió a intervenir Toni con cara de pocos amigos.

—Me llamo Marina, aunque no sea la Marina que tú conocías. Por equivocación marqué el número de teléfono de tu hermana, ella me pidió que viniese a verte.

—¡Qué pesada con que reciba visitas! No tengo ganas de ver a nadie, ni de que nadie me vea.

—Pues debes de aburrirte mucho. Yo no aguanto sola en casa, allí solo puedo mirar el móvil. No me llevo bien con nadie de mi familia y prefiero quedar con unos y con otros aunque acaben hartos de mí; dicen que soy muy pesada, que no dejo hablar a los demás, que...

—Vaya, pues tienen razón. —Toni sonrió por primera vez.

Un silencio incómodo se instaló entre ambos, Marina no se atrevía a seguir con su parloteo y él no comprendía qué pintaba aquella chica en su casa. Elvira se había pasado con sus ganas de animarlo. Toni prefería estar solo, rumiando su desgracia y su tristeza infinita. Nadie, ni siquiera esa chica extraña, podría arrancarle sus oscuros pensamientos.

—¿Por qué has venido? —acertó a preguntar Toni. Sería una manera de acabar con aquello, que la chica se moviera hacia la puerta y se largara de una vez sin necesidad de comportarse de mala manera.

—No lo sé —respondió ella, encogiéndose de hombros—. No tenía otra cosa mejor que hacer y pensé que ayudar a otra persona, para variar, estaría bien.

—Yo no necesito tu ayuda.

—Tal vez yo sí...

—¿Qué creías que ibas a encontrar aquí?

—A un chico solitario que necesitaba compañía porque echaba de menos a una chica que se llamaba como yo.

—Has acertado, en parte.

—¿Quién era Marina?

—Apareces de pronto sin que nadie te llame, te cuelas en mi casa sin mi permiso ¿y pretendes que te cuente mi vida?

—Si eso te ayuda...

—Era mi mejor amiga, un día desapareció y no he vuelto a saber de ella. No hay más que contar.

—Seguro que sí, falta todo lo que pasó hasta que se fue de tu vida. Y falta que me expliques por qué estás sentado en una silla de ruedas.

—Porque me da la gana —soltó enfadado—. Porque no quiero levantarme, porque la vida no tiene sentido, porque no deseo salir a ninguna parte. Déjame, no quiero recordar.

—¿Cómo era ella? —insistió.

—Te he dicho que no quiero recordar.

—Pero tendrás que hacerlo, algún día. Lo que más me gusta es cantar. Antes de que me eches, te voy a cantar una canción que me gusta mucho y que tiene un mensaje para ti.

Marina deseaba de verdad hacer algo por ese chico desvalido, que sintiera que podía contar con ella, aunque solo pudiera regalarle su voz. Recordó una canción cuya letra venía al caso, sería la manera de decirle a Toni que, aunque aún fuesen dos desconocidos, ella se encontraba a su lado, en ese momento, cuando el mundo apretaba.

Suerte.
Justo cuando el mundo apriete.
Mejorando lo presente.
Puedes agarrarte a mí (¡oh!).
Fuerte.
Que parezca para siempre.
Creo que no soy consciente
de lo que tenemos.
Este minuto será tu legado.
Procura que sea especial.

El chico la miraba atónito, mientras ella cantaba y se movía por la habitación al compás de la música. No era capaz de interrumpirla, el movimiento de sus brazos le resultaba hipnótico. «Te llevo en el corazón», cantaba él también sin pronunciar palabra. Cuando Marina acabó, se inclinó como una artista para recibir el aplauso del público, pero Toni no dio ni una palmada.

—Era mi mejor amiga —dijo, al fin, como respuesta a la actuación de la chica—. Tenía un carácter complicado, pero a mí me quería mucho. Cuando enfermé, la arrastré conmigo a la depresión. Ella intentaba animarme, era la única que lograba sacarme una sonrisa. Fueron unos meses largos y complicados, el tratamiento me sentó fatal pero al final consiguió que me recuperase. Si tuviese fuerzas, podría regresar al instituto, pero Marina ya no está allí esperándome. Un día dejó de venir a verme, se cambió de centro y no volvimos a vernos.

—Así, sin más. No me lo puedo creer.

—Yo tuve la culpa, ella se deprimía con facilidad y mi situación no ayudaba mucho. Yo la ponía triste.

—Yo, yo, yo... Ella se fue porque quiso. Cada uno es responsable de lo que hace. Me parece fatal que te dejase aquí tirado en la silla de... —Sintió que estaba hablando de más, como casi siempre.

—A veces la odio —musitó.

—Y otras la echas de menos, ¿verdad?

Toni asintió con la cabeza.

—Lo que de verdad me gustaría sería olvidarla. O, al menos, que su recuerdo no doliera. Muchas tardes tengo ganas de llorar, entonces me pongo una canción de Maroon 5 que se titula *Memories*...

—*Recuerdos*. La conozco.

—La letra dice: «Hay una época que recuerdo, en la que no conocía el dolor, cuando creía en el "para siempre" y todo permanecía igual. Ahora parece que es diciembre en mi corazón cuando alguien dice tu nombre, porque no puedo llamarte. Los recuerdos te traen de vuelta...». —La voz de Toni se quebraba por la emoción.

—Parece escrita para vosotros.

Entonces, Marina comenzó a cantarla en inglés, con la mejor entonación de la que era capaz.

—*Everybody hurts sometimes. Everybody hurts someday. But everything going to be alright. Go and raise a glass and say...*

«Todo el mundo sufre a veces, pero todo va a salir bien». Cantaba mirando a los ojos de Toni, que brillaban al borde de las lágrimas. Ella sentía que, por fin, su voz servía para algo, no le importaba no ser una cantante famosa, esa tarde había compartido emociones con un chaval casi desconocido. Un hilo invisible hecho de música los había unido, con la magia de lo intangible.

—No te quedes con la parte triste de la canción —le dijo al acabar—. Un brindis por los que estamos hoy aquí, un brindis por los que perdimos por el camino. Todo va a salir bien, Toni.

—No lo sé. —Toni intentaba alejar los pensamientos tristes, quedarse con el sonido envolvente y cálido de la voz de esa nueva Marina—. No es fácil ser optimista. Al menos esta tarde me has hecho hablar, aunque me haya puesto triste. ¿Querrás seguir viniendo?

—¿No te parezco una pesada?

—Sí, un poco —bromeó—. Pero cantas bien y eres divertida.

—Si te aburres, busca canciones para que luego te las cante y te las baile. Es lo que más me gusta hacer.

—Vas para artista.

—De momento, solo canto en un coro.

Marina le habló del coro, de las canciones que estaban preparando, de algunos de sus compañeros —aseguró que eran una colección de raros—, pero, por algún motivo que se le escapaba, ni siquiera nombró a Luis y, por supuesto, tampoco le confesó que el pianista la esperaba en la puerta. Y no deseaba hacerle esperar demasiado.

—Me voy antes de que me eches a patadas, te prometo que volveré, si quieres te mandaré mensajes para ver cómo vas y para decirte cuándo vengo.

Antes de despedirse, intercambiaron números. Y fue Marina quien le dio las gracias a Toni por aquella visita; hacía demasiado tiempo que no se sentía útil. Además, pensar que Ludwig la estaría esperando le provocaba una sonrisa de las que no se borran en todo el día.

—¿Qué tal ha ido? —le preguntó Luis, con impaciencia.

—Yo diría que muy bien —sonrió ella.

—Tienes que contármelo todo.

23. Mi, de misterio (por resolver)

El coro iba tomando forma, ya no eran un grupo de individuos aislados, las voces empastaban, sonaban bien juntas, y surgían nuevas amistades. Cuando lograban que la canción sonase armónica, sentían una unión especial. Sandra bromeaba y, al acabar el tema, les decía señalando su brazo:

—¡Mirad! Se me ha puesto la piel de pollo.

Todos aplaudían y reían. Ellos también notaban la emoción a flor de piel y en sus gargantas.

—Vamos a repasar las partituras que llevamos ensayadas. Ampliaremos algo más el repertorio. Me gustaría hacer una actuación para Navidad, y si nos surge algo más…

—¿Puedo preguntar una cosa? —habló Marta—. Hay algo curioso en las partituras. Me he dado cuenta de que, en todas las páginas, hay unos puntos y una raya.

—¿Qué dices? —saltó Marina.

Todos rebuscaron en sus hojas y comprobaron que Marta tenía razón.

—Es verdad —corroboró Rafa—. En cada una hay dibujados a lápiz tres puntos y una raya.

—En el margen —afirmó Eva.

—En el ángulo superior derecho —dijo Marina.

—Y arriba, sobre el título de la canción —observó Roberto.

—¡Bien! —exclamó Sandra—. ¡Por fin alguien se ha dado cuenta! Gracias, Marta. Eres observadora.

—¿Qué quieren decir? —preguntó Marina.

—Tendréis que averiguarlo. Es una especie de acertijo que quiero que resolváis. Menos mal que Marta, por fin, se ha dado cuenta.

—¿Y qué ganamos con eso? —quiso saber Rafa.

—Habrá un premio, más bien una recompensa. Quien lo acierte decidirá cuál será la última canción del concierto —dijo Sandra.

—¿Tiene que ser del repertorio? —habló Marta.

—No es obligatorio, puede ser una nueva que proponga el ganador o elegir una de las que hayamos ensayado.

Un murmullo de sorpresa inundó el aula, iba a resultar difícil hacerlos callar.

—¿Se puede elegir cantar como solista soprano? —sugirió Marina.

—Si quieres conseguirlo, tendrás que ganártelo.

A Marina le sonó a reprimenda, dudaba de que la profe le ofreciera una oportunidad así, con la manía que le tenía. Eso era lo que ella pensaba.

—Puedes hacerlo, estás trabajando bien —añadió Sandra mirándola a los ojos.

—Gracias —balbuceó Marina.

Últimamente daba las gracias demasiadas veces, antes era una palabra que apenas pronunciaba. Pensó en la canción que le había cantado a Toni, sería una hermosa manera de acabar el concierto.

—¿De qué va este misterio? Danos una pista, al menos —pidió Eva.

—Tiene que ver con la música, claro —respondió Sandra—, pero no voy a daros ninguna pista más.

—Tenemos que resolver el acertijo —le dijo en voz baja Eva a Marta. Deseaba más que nada elegir su canción favorita, *I'll Be Missing You*. Había sido ella quien se lo había sugerido a Sandra, el tema tenía mucho que ver con el grupo, y había una parte solista que encajaba con su voz. Seguro que Sandra consentiría en que fuese ella la cantante si resolvía el misterio.

Tras el ensayo se formaron los corrillos habituales, en esta ocasión no se hablaba de otra cosa. Rafa se unió a Roberto y sus amigas y les contó algo que llevaba semanas maquinando.

—Estoy componiendo un rap especial para el coro...

—¡Sería perfecto! —exclamó Marta—. ¿Por qué no nos lo cantas?

—Aún no está acabado, pero sé que os va a gustar. ¡Ah! Me tengo que ir, el próximo viernes quizá esté terminado.

Y salió como una exhalación detrás de Laura, que ya se escapaba sin despedirse del resto.

—¡Eh, espera! —la alcanzó por el pasillo.

Laura se detuvo y ni siquiera se giró, se quedó quieta esperándolo. En realidad, era lo que deseaba: que Rafa la acompañara, que cantara y compusiera para ella. Si averiguaba el acertijo misterioso, pediría que el coro interpretase uno de los temas de rap que Rafa le había compuesto. La perspectiva de destacar en algo le daba fuerzas. Solo le faltaba sentirse protagonista de su propia vida.

La compañía del chico empezaba a hacerse habitual y no le molestaba, al contrario, cada vez le agradaban más su mirada y su voz. Evitaba darle demasiada confianza, aún no se fiaba de él, desconfiaba de todos y pensaba que Rafa huiría de ella en cuanto volviera la crisis, en cuanto su cuerpo le ganara la partida.

—Me gustaría que cantásemos uno de los temas que me has dedicado, quizá el segundo. Podemos buscar juntos la solución a la adivinanza... —le dijo.

—¡Tengo canciones mejores!

Laura se encogió en sí misma, no esperaba esa respuesta. Rafa se percató del gesto, pues siempre analizaba las reacciones de ella, sus movimientos, por leves que fueran.

—Quiero decir que... he compuesto un tema para el coro, habla de todos, de ti también. Creo que sería adecuado para acabar un concierto, nos uniría en una canción.

—Bueno —balbuceó.

—Buscaremos juntos la solución, ¿te parece bien?

Laura continuaba muda, mirando al suelo, caminado con pasos largos. Rafa, para detenerla, la tomó de la mano, llevaba semanas deseando hacerlo. El contacto con la piel de Rafa hizo que ella reaccionara.

—Confía en mí —pidió él.

Y a ella le parecieron las palabras más sinceras del mundo. Sintió el impulso de besarlo, pero una voz demasiado conocida sonó a su lado para despertarla del sueño. Al instante soltó la mano del chico.

—¿Todavía no has llegado a casa? —Era el padre de Laura, había roto toda la magia—. ¡Vas a comer tardísimo!

—Ya voy —dijo con desgana.

Se despidieron con un gesto y una caricia en la mano. Laura deseó que no fuera un sueño, ni un instante fugaz, ni una amistad pasajera. Aunque ella solo podía intuirlo, Rafa deseaba lo mismo.

24. Fa, de favor (por favor)

Marina aprovechaba cualquier ocasión para acercarse a Luis, para pegarse a él en busca de un gesto de cariño. Se apoyaba en el piano, como la Lucy de Schroeder, y lo miraba arrobada. Buscaba el afecto de la gente como quien mendiga para mitigar el hambre. Mientras el chico no le dijera que era una pesada, allí seguiría. Insistiría hasta que él se rindiera a sus encantos, o se hartase para siempre. Los compañeros se habían dado cuenta y no disimulaban las risitas cuando la veían hablando sin parar junto a un impasible Luis, que tampoco huía de ella.

—¿Tienes idea de lo que pueden significar los puntos y la raya?

—No —respondió lacónico.

—Seguro que tú, si te lo propones, lo adivinas. Eres quien más sabe de música y Sandra dice que es un acertijo musical. La verdad es que a mí casi me da igual una canción que otra, pero estaría bien ganar algo alguna vez… y cantar como solista.

—A mí no me da igual —aseguró muy serio.

—¿Y qué te gustaría que cantásemos?

—El «Himno a la alegría» de la *Novena*…

—De Beethoven —interrumpió Marina.

—Sí, ya se lo he dicho a la profe, espero que me haga caso.

—Debería hacerlo, no seríamos nada sin tu piano. Sonaríamos mucho peor aún.

—*La Novena sinfonía* es una música compuesta con el corazón, es impactante. Es un logro increíble. ¡Fíjate, Beethoven llevaba más de veinte años sordo! Se puede sentir la paz, la nostalgia, la alegría, la ternura y hasta la respiración de su autor.

—Si tú lo dices, habrá que escucharla.

—El himno es la parte más conocida. Es un canto a la humanidad, a la fraternidad. Seguro que lo has oído alguna vez.

—¿Por qué no me lo cantas?

—Ni de broma, lo mío no es cantar, sino tocar.

Marina rio con picardía y logró que Luis se sonrojara y volviese a bajar la vista.

—Te prometo que esta misma tarde lo busco. Cuando estuve en casa de Toni me contó que a veces escuchaba la canción *Memories* de Maroon 5 para recordar a Marina. Y se la canté, enterita. Alucino con lo bien que recuerdo las letras de las canciones y la mala memoria que tengo para estudiar.

Cantó el tema en inglés, con su mejor voz, quizá así impresionara al pianista. Miraba al cielo, como si lanzase los sonidos hacia lo más alto.

—Podría ser una buena manera de acabar el concierto —dijo al terminar.

El chico se enjugó una lágrima que rodaba por su mejilla y Marina se percató del gesto.

—¿Qué te pasa?

—Nada —cortó con brusquedad—. ¡Qué manía de querer saberlo todo!

—¡Estoy harta de tus secretos! —protestó—. Yo te cuento cada detalle de mi vida y tú…

—No puedes pedirle a la gente que sea como tú. Yo soy diferente.

—Todos lo somos, de alguna manera. Solo quería saber por qué te has emocionado con la canción, a quién recuerdas.

—Te prometo que algún día te lo contaré.

—Anda, háblame de Beethoven —dijo, al cabo de un rato, para romper el incómodo silencio que se había interpuesto entre los dos. Sabía que su Ludwig no resistiría la tentación de hablar de su compositor favorito—. Ligaría mucho siendo tan conocido. Los tíos famosos no tienen problemas.

El chico la miró y suspiró. Era imposible permanecer callado en su compañía. Y nadie le escuchaba como ella, contara lo que contase.

—Él sí los tenía. Imagínate lo que suponía para un músico ser sordo. Lo disimulaba como podía, pensaba que si la gente se enteraba, se burlarían y rechazarían su música. Llevaba siempre una libreta y un lápiz para comunicarse.

—Parece increíble.

—Yo me lo imagino componiendo, él solo, encerrado en su casa que era un caos. En los últimos años, cuando la gente pensaba que estaba acabado, completamente sordo, compuso obras grandiosas. Tenía una imagen poco agradable, su aspecto era cada vez más descuidado, el pelo alborotado y largo, la barba sin afeitar, la ropa raída y vieja. En Viena empezaron a pensar que estaba loco. Se sentía insatisfecho.

—Pero ¿se casó o no?

—No, tendía a enamorarse de mujeres con las que lo tenía difícil o era imposible casarse porque estaban casadas o tenían novio.

—Le iba lo del *crush*.

—Prefiero llamarle amor platónico.

—Eso, le pasaba como a mí —suspiró Marina, pero Luis hizo como si no la oyera y continuó.

—De todas formas, pocas mujeres habrían aguantado su carácter furioso y a veces amargado. Se conservan unas cartas apasionadas que escribió «a su Amada inmortal». Se descubrieron en un cajón de su casa después de su muerte. La identidad de ella es un misterio sin desvelar.

—Y tu amada, ¿ha tenido alguna vez identidad? —dijo sin pensar, y al instante se arrepintió.

—Nunca me he enamorado —confesó.

—Eso es muy raro. Seguro que me mientes.

—Será que soy raro, pero es la verdad. ¿Me guardas un secreto? Por favor.

El corazón de Marina dio un vuelco, por fin Ludwig le iba a revelar algo personal, pero ¿qué secreto inconfesable guardaría? No estaba segura de querer escucharlo. Solo pudo asentir con la cabeza.

—Nunca me ha interesado el sexo —soltó como si hablara del tiempo.

—¡Qué tontería! ¿Lo has probado? —bromeó Marina, un tanto desconcertada.

—Créeme. Es como una enfermedad crónica, quizá sea asexual, hay personas así. Será que no genero dopamina ni feromonas ni oxitocina. Eso me aísla, pero no me importa ser solitario, tengo la música. No quiero que los compañeros se den cuenta. Me pasa como a Beethoven: disimulo igual que él ocultaba su sordera. No deseo que me señalen.

—¿Me tomas el pelo o lo dices para ahuyentarme? ¿No te ha gustado nunca nadie?

—Sí, tú me gustas, pero dudo que de la misma manera que yo a ti.

Sus palabras hicieron que Marina se sonrojara, ¿tanto se notaba que estaba por él?

—Me gusta estar contigo, hablar —continuó, azorado—. Me divierte tu compañía, valoro tu amistad, pero...

—Pero no me besarías ni borracho.

—Te abrazaría fuerte, para que no te fueses nunca.

—No me voy a ir, te lo aseguro, pero, por si acaso, es mejor que me abraces. Por favor.

Se fundieron en un abrazo largo, que Marina habría deseado que fuera eterno. Luis deseaba sentir lo mismo, vibrar con la emoción del contacto de la persona que amas; se conformaba con aceptar la calidez de los brazos de Marina, con no haber escapado de la situación. Quizá, algún día, pudiera corresponderla.

25. Sol, de soledad (deseada o no)

En la soledad de su cuarto, Roberto intentaba ganarle la partida al dolor; pero ese momento no llegaba nunca. «Es cuestión de tiempo», le decían. «Pero ¿cuánto tiempo?», pensaba él. En ocasiones, si estaba entretenido, en el coro o viendo una serie detrás de otra, la angustia se anestesiaba, para luego volver a la realidad con una sensación intensa de amargura.

Aquella tarde, los recuerdos de su padre regresaron nítidos y punzantes, sintió que se ahogaba y abrió la ventana, una ráfaga de aire frío se coló en la habitación. Respiró y se asomó al abismo con la mirada borrosa por las lágrimas. Ocho pisos más abajo, el asfalto era, en ocasiones, una promesa de silencio, de final: la solución a todos sus problemas. Aterrado por sus propios pensamientos, cerró la ventana de golpe y encendió el ordenador dispuesto a buscar una rápida evasión.

Ante la pantalla, sumergido en una serie de fantasía se encontraba, cuando aparecieron ellas. Marta y Eva llegaron con aspecto de cansadas, sobre todo Eva.

—Quiero que me invites a un refresco —dijo Eva, casi sin aliento—. Venimos de correr por el parque…

—¿Tú? Si no corres ni en la clase de Educación Física —respondió él.

Marta se rio, era la culpable del agotamiento de su amiga.

—Me he animado a correr un rato por el parque con ella, aunque no he sido capaz de seguir su ritmo —confesó Eva.

—Nos hemos reído mucho y, de paso, he conseguido que saliera de casa.

Se miraron, entre ambas había surgido una complicidad nueva, algo que ninguna de las dos había experimentado antes. Marta deseaba regalarle a Eva instantes felices, lograr que se gustara a sí misma, que pensase en sus propios deseos. Había sentido que se parecían, que compartían algo secreto, íntimo, que no eran tan distintas a pesar de que se mostraban contrapuestas a primera vista; lo que se escondía debajo era otra cosa.

—Entonces, lo mejor será que bebas agua, nada de refrescos —dijo el chico.

Los tres se fueron a la cocina, la madre de Roberto se alegró de verlas, la soledad no le sentaba nada bien a su hijo.

—No dejamos de darle vueltas al acertijo —habló Marta—. Queremos encontrar la solución porque a Eva le haría mucha ilusión que la canción fuese *I'll Be Missing You*. Y seguro que a ti también.

Hablaron del coro, de las canciones que preferían, de los compañeros, de las posibilidades de acertar con la respuesta.

—Me gustaría que cantásemos algo de los Beatles —confesó Roberto—. Era el grupo favorito de mi padre, me ponía sus canciones a todas horas.

—¿Los Beatles? No sé qué les parecerá a los compañeros, ese grupo es un poco antiguo —dijo Eva.

—Da igual, la buena música es eterna —aseguró Marta.

—Si los escucháis, seguro que os gustan.

El chico buscó las canciones en el ordenador. *Let it be, Help, Hey Jude* y muchas más se convirtieron en la banda sonora de aquella tarde. Acabaron entonando los temas más conocidos. Las chicas pensaron que Roberto necesitaba más que ellas dar con la respuesta e imponer un final de concierto en homenaje a su padre y al cuarteto británico.

—Creo que mi padre no habría estado orgulloso de mí.

—Seguro que sí, los padres siempre lo están, aunque a veces no sepan demostrarlo —contó Eva—. A mi madre le pasa eso, algunos días me parece que solo me quiere para que me encargue de los pequeños y ni siquiera escucha lo que le cuento. Pero sé que valora mi esfuerzo.

Lo que no se nombra no existe. Roberto dudaba si tirar del hilo de la conversación que tanto necesitaba, había arrancado con valentía y había encontrado en la mirada de las dos chicas una señal, un signo silencioso que le podría animar a abrir la boca.

—Es que necesito hablar, aunque sea duro —soltó casi sin pensar—. Si sigo guardándome las penas, voy a estallar.

—Aún estás viviendo el duelo por tu padre —dijo Eva—, es normal que estés triste.

—Y que esa tristeza lo impregne todo —añadió Marta.

—Mi vida va a seguir siendo difícil, incluso después del duelo —aseguró Roberto—. No es fácil ser diferente.

—Todos lo somos, de una manera o de otra, y andamos perdidos por la vida —dijo Marta, pensando en sí misma—. Tenemos que aceptarnos como somos.

—¿Y si eso nos hace infelices? ¿Si nos impide amar a la persona que queremos? ¿Si sabemos que nunca nos va a corresponder?

Roberto no se atrevía a convertir en palabras sus temores y darles así la realidad que llevaba tiempo esquivando. Lo que se habla se convierte en tangible:

—Creo que a Rafa le gusta Laura. ¿No os parece?

Las dos amigas se quedaron calladas, Roberto ignoraba que la situación también las afectaba. Ambas querían a Laura, habían sido sus amigas, habían intentado salvarla de sus propios fantasmas, habían albergado esperanzas vanas, lo habrían dado todo por ella. Y ahora, se sentían abandonadas.

—Rafa es un buen tío —Roberto rompió el silencio—, aunque desde que la persigue se ha olvidado de mí.

—Lo mismo podría decir yo de Laura —confesó Marta.

—Por eso salen los dos tan deprisa del ensayo, aunque no se vayan juntos —dijo Eva.

—Quizá a Laura le venga bien —suspiró Marta—. Habrá que alegrarse por ella.

—A mí me duele —habló Roberto—. Rafa es muy especial para mí.

—Lo sé, es un buen amigo —aseguró Marta.

—Se sumó al coro para no dejarme solo, igual que tú.

—¡A mí me encanta estar en el coro! No entré solo por ti. Y a Rafa le gusta la música…

—A Rafa solo le gusta el rap —añadió Eva.

—Me escribió una canción hace unos meses, era preciosa, yo me ilusioné —contó Roberto—. Pero luego empezó a dedicárselas a Laura.

—Eso no quiere decir que haya dejado de ser tu amigo —dijo Eva con ingenuidad.

—No es ese el problema, ¿verdad? Pero, si no quieres, no nos cuentes más. Sé cómo te sientes —balbuceó Marta.

—Quiero a Rafa, más que como a un amigo, mucho más. Y me da vergüenza hasta pensarlo.

Nunca antes lo había reconocido ante otras personas, hablarlo era convertirlo en real, confesar su condición sexual suponía, también, admitirla. ¿Qué habría pensado su padre? ¿Habría aceptado que su hijo no fuese en absoluto como él? Desde su separación, el padre había tenido varias novias, le interesaban demasiado las mujeres, y eso acabó con su matrimonio. ¿Le habría gustado tener un hijo homosexual? La respuesta para Roberto era no.

—A todos nos pasa, eso de querer a alguien que no te corresponde, pero no hay que avergonzarse por ello —dijo Eva.

—Te comprendo mejor de lo que imaginas. A mí me gustaba Laura —confesó Marta—. Me enamoré de ella en primero, en cuanto la vi. Nos hicimos amigas. Luego ella cayó en una depresión grande y se alejó sin más; aunque yo intenté ayudarla, ella se cerró. Y sé que a Eva le pasó igual, ¿verdad?

—Es posible —acertó a responder.

Mintió, lo sabía con certeza, siempre había querido a Laura, nunca antes había sentido nada igual que aquella tarde que pasearon juntas por el parque, solas, y Laura la abrazó de repente, en uno de esos impulsos que le daban. Y rieron y bailaron un reguetón absurdo que sonaba en el quiosco del parque y bebieron un refresco que se les escapó por la nariz en un ataque de risa. De aquello había pasado más de un año y medio que se había llevado por delante, como un huracán, la salud de Laura, su alegría y, de paso, su amistad. Se sentía incapaz de reconocer abiertamente su «problemón», como ella lo llamaba, que con el tiempo se hacía cada vez más inmenso, más nítido, más real, por mucho que deseara ignorarlo. Era como intentar no ver la montaña que tienes delante. Que Marta sintiera lo mismo por Laura no sabía bien si la aliviaba o le generaba un aluvión de celos; más bien era desconcierto.

—Tenemos que aceptarnos así —habló Marta—. A veces somos lo que ocultamos.

—Yo no quiero que nadie se entere de esto —dijo Roberto—. En el instituto la gente es muy cruel, no es fácil ser diferente, no se debe destacar, hay que ser como todos para que nadie vea lo que escondes.

—¡No hay que esconder nada! —saltó Marta—. No me gusta aparentar lo que no soy.

—Roberto tiene razón —intervino Eva—. Ya se meten bastante con mis kilos, solo faltaba que supieran...

—Hay que ser uno más para no perecer en la jungla —sentenció Roberto.

—Hay que ser uno mismo para no destrozar tu vida —rebatió Marta.

—No quiero que esta conversación salga de aquí —pidió Eva—. No podría soportar las burlas de los compañeros.

—Esto es un secreto entre los tres, pero juntos podremos ayudarnos. No estamos solos.

Marta los abrazó, hicieron una piña sentados en el suelo, la amistad les regaló un instante de paz, una sensación agradable de refugio, de complicidad, que les sirvió, aunque solo fuera por un momento, para aliviar el dolor de las heridas del alma.

—Gracias —musitó el chico.

—A ti, siempre. Eres más valiente de lo que crees —respondió Marta.

No era fácil la vida, el futuro se percibía borroso para los tres, pero de la mano de otros la soledad se encogía y siempre sería más llevadero el camino.

26. La, de laberintos (más de uno)

—Tengo la solución al acertijo.

Rafa esperaba a Laura en la puerta del aula de música, antes del ensayo. Deseaba ganar, había compuesto varias canciones y quería escucharlas en las voces de sus compañeros, aunque no sabía muy bien cómo se podía entonar algo así en un coro. Seguro que Sandra lo solucionaría. Deseaba también impresionar a Laura, cada vez la sentía más cerca, aunque ella caminaba con pies de plomo. Ella, tan frágil que podría salir volando, andaba por la vida tan despacio como una tortuga, como si no deseara avanzar, como si pesase una tonelada y no unos pocos kilos.

A Laura le enternecía aquel chaval con cara de luna y ojos de bosque. Daban ganas de darle un pellizco en el moflete y de perderse en su mirada. Él quería salvarla, pero no era fácil, los espejos seguirían mostrándole la realidad deformada, continuaba perdida en su propio laberinto. Aunque había recuperado algo de peso y se sentía un poco más feliz, las sombras aún acechaban y rechazaba las invitaciones de Rafa a tomar un simple helado. Habían salido juntos varias veces desde el día en que hablaron en la calle, cuando el chico le dedicó el tercer rap. Laura se dejaba querer pero evitaba el contacto físico tanto como el comer. Él se mostraba paciente: le cantaba al oído, la acompañaba en sus largos y acelerados paseos, le acariciaba el cabello cuando ella se dejaba..., pero no consintió que le hiciera una trenza. Y la invitaba a helados aunque acabara tomándolos él solo y asegurándole que se perdía un auténtico manjar.

A Rafa le chiflaban los helados, pero Laura le gustaba aún más. Se quedaría a su lado hasta que ella lo quisiera, aunque solo fuera un poco y por aburrimiento.

—¡Tengo la solución! —gritó Rafa por encima de las voces de los demás, antes de que empezase la clase.

Todos callaron, algunos expectantes y otros, quienes aspiraban a ser ellos los agraciados, decepcionados.

—Venga, cuéntanos —dijo Sandra.

—Punto, punto, punto, raya. Es el código morse.

—Muy bien.

—En morse, tres puntos y una raya es la letra uve —soltó Rafa, orgulloso—. Quiero que acabemos el concierto con un rap que he compuesto.

—¡Me niego! —saltó Luis, que casi nunca hablaba en los ensayos—. El rap no es música.

—¡Qué sabrás tú de música! —le replicó—. Te has quedado en el siglo XIX, eso ya no sirve. El rap es mucho más de lo que tú te crees, es una revolución, es rebeldía. El rap denuncia la injusticia, es una forma nueva de expresarse.

—Pero no es música —insistió Luis, cada vez más alterado—. Solo son palabras que riman de manera ridícula.

—¡Tú sí que eres ridículo! ¿Te crees Beethoven?

La discusión subía de tono ante el estupor de los compañeros. Sandra intervino, la situación se le iba de las manos.

—¡Ya está bien! Rafa, has solucionado una parte. Ya os dije que la solución era musical, así que te has quedado a medias. Tendrás que profundizar en esa uve.

El chico puso cara de fastidio, no había ganado aún y encima les había dado una pista al resto de los compañeros, ¿qué significaría la uve en música? Esa era la pregunta que debían responder.

—Me ha interesado eso que contabas del rap. ¿Podrías hablarnos más? —propuso Sandra—. Si te prepararas una breve presentación, el próximo viernes podrías exponerla. Y me pensaré eso de que nos cantes algún rap de los tuyos. ¿Qué os parece? —preguntó al resto.

Todos aplaudieron, menos Luis, que se puso en pie, agarró su mochila y salió dando un portazo. Marina hizo ademán de levantarse, pero Sandra la miró y el gesto la devolvió a su asiento.

—Ya se le pasará —dijo la profe—. También habrá Beethoven y os aseguro que os va a encantar.

En ese momento de incertidumbre, de derrota, Luis se preguntaba qué pintaba en el coro, con su piano y su soledad. En lugar de irse a casa, caminó sin rumbo por las calles de la ciudad, rumiando su desconsuelo. Paseaba por su propio laberinto de sentimientos encontrados. Necesitaba sentirse parte de algo, parecía que en el coro lo estaba logrando y Marina le alegraba la vida, aunque no fuese capaz de corresponderla como ambos quisieran. Aceptar sin más el rap de Rafa era una traición por parte de Sandra, que no había nombrado a Beethoven en ningún ensayo. Esa fue la condición para entrar en el grupo: habría música de verdad, habría una novena sinfonía. Parecía que la profe lo había olvidado y había cedido a los deseos de Rafa. No podía consentir que ese capullo resolviera el acertijo. Y sabía muy bien qué tenía que hacer para evitarlo.

27. Si, de silencios (elocuentes)

En cuanto acabó el ensayo, Marina escribió un mensaje a Luis; él no respondió. Antes de llegar a casa lo llamó, pero el chico no descolgó el teléfono. Ese silencio le resultaba perturbador y doloroso, ¿y si Luis se había sentido traicionado? ¿Tendría que haber escapado del aula tras él? Se quedó mirando el móvil mientras sonaba y sonaba. Leyó el nombre de Ludwig en la pantalla y se fijó en el número. De pronto, tuvo una intuición extraña. Buscó el número de Elvira, la hermana de Toni, ese que marcó por error cuando Luis se confundió. Lo había guardado con el nombre de Luis y no lo había cambiado ni borrado. Las cifras no coincidían en absoluto, era imposible que el pianista se hubiera equivocado, y parecía evidente que le había dado ese número, que no era el suyo, a propósito. ¿Qué tenía que ver él en esa historia? ¿Qué relación, que no le había revelado, existía entre Toni y él? Solo había una manera de comprobarlo.

Se olvidó de la hora que era, de que no había comido aún y, sin pensar, como siempre, corrió hacia el metro. En unas pocas paradas estaría en casa de Toni, dispuesta a confirmar sus sospechas.

Fue Elvira, la hermana, quien abrió la puerta. No esperaba la visita de Marina, sin avisar y a esas horas tempranas. Permaneció unos segundos en silencio, con la puerta entreabierta.

—¿No me invitas a entrar? —soltó Marina—. Quiero ver a Toni. Y quizá luego tenga que hablar contigo.

—Mis padres ya están en casa —habló Elvira—. Acaban de volver de viaje. Hacía mucho que no salían de vacaciones, con la enfermedad de Toni...

—¿Está en su cuarto? —preguntó y, sin esperar respuesta, se encaminó a la habitación del chico.

—Quizá esté durmiendo la siesta.

Elvira se adelantó, golpeó la puerta con los nudillos y se asomó al cuarto en penumbra.

—Está aquí Marina, no sé si querrás verla.

—¡Que pase, que pase! —Marina escuchó la voz de Toni, era evidente que se alegraba de la visita.

Antes de dejarlos solos, Marina miró a Elvira con desconfianza y percibió un gesto extraño en el rostro de la chica, como si algo no fuese bien o según lo previsto.

—¡Qué sorpresa! ¡A estas horas!

De golpe se arrepintió de su impulso, ¿qué le iba a decir a Toni? Ni siquiera se había detenido a pensarlo durante el trayecto.

—¿Qué tal estás? —solo se le ocurrió preguntar.

—Mejor, los efectos del tratamiento ya casi han desaparecido. Dicen que todo va bien, que me curaré pronto y podré hacer una vida normal.

—Y tendrás que volver a clase, ¡qué mala suerte! —bromeó.

—He seguido estudiando, viene una profe todos los días, hasta me ponen exámenes. Se coordina con los del instituto y el curso pasado lo aprobé todo a pesar de la operación, el tratamiento y la depresión… Pero volver al aula…

De pronto se quedó en silencio. Debía de ser duro luchar contra la enfermedad, pensó ella, no sabía qué decir en esa situación.

—Lo peor fue cuando Marina desapareció —habló Toni, al fin—. Me daba mucha fuerza y de golpe me sentí abandonado. Casi fue peor que las llagas que me salieron en los pies. Me daba igual no poder andar, ¿adónde iba a ir sin ella?

—¿Por qué crees que lo hizo? Lo de marcharse así, sin despedirse —preguntó ella, y al instante pensó que era demasiado indiscreta.

—No lo sé, no logro entenderlo. Me decía que estaba enfadada con el mundo, con todos menos conmigo, y que la vida era muy injusta. Unos días venía contenta y habladora y otros muy triste. Me decía que no era por mi culpa, que el mundo estaba lleno de cosas dolorosas pero que mi sonrisa le alegraba el día. Y yo procuraba sonreír.

—Tu sonrisa me gusta mucho, intenta sonreírme a mí también.

—Hoy vienes preocupada por algo. Se te nota, y además, llegar a estas horas y sin avisar…

—Tienes razón, eres muy listo. Vengo del coro, ya te había contado que canto en el coro del instituto. Me encanta. Me hice muy amiga del pianista, pero hoy ha pasado algo y no me coge el teléfono, creo que se ha enfadado conmigo.

—Los pianistas son muy sensibles —rio Toni—. Seguro que se le pasa.

—Eso dice la profe. ¿Cómo sabes que son muy sensibles?

—Bueno… —dudó—. Tengo un amigo pianista —dijo Toni, sin saber el impacto que sus palabras producían.

Marina respiró hondo y procuró que los nervios no la traicionaran. Aún no había pensado cómo gestionar la información que Toni iba a revelarle, quizá le estallase en las manos, como una bomba de sentimientos descontrolados.

—Háblame de tu amigo pianista —pidió Marina, para eso estaba allí aunque él no lo supiera.

—Es muy tímido, pero es un tío estupendo. —Se detuvo como si le costase contar—. Se llama Luis y es un fanático de Beethoven.

A Marina le dio un vuelco el corazón; ahora sí, no cabía duda, hablaba de su Ludwig.

—Sigue contándome.

—También era amigo de Marina, pasábamos aquí muchas tardes juntos, los tres.

Se quedó callado, como si hubiera algo que no se podía contar.

—¿Estabas enamorado de ella? —le salió sin pensar.

Él continuó callado. Le sorprendía que aquella chica, casi desconocida, hubiera sido capaz de hacerle hablar sin miedo, por primera vez en muchos meses, por primera vez desde que la otra Marina se fue. Y que le hubiera hecho incumplir la promesa dada a Luis.

—Si no quieres, no me lo cuentes —dijo Marina para romper el incómodo silencio.

—Hoy no —musitó—. Aún me duele demasiado hablar de ella.

A Marina le habría gustado seguir preguntándole por su Ludwig, saber todo sobre él para entender por qué le había contado esa mentira, por qué le había dado a propósito el teléfono de la hermana de Toni sin más explicaciones, qué pintaba ella en medio de esa historia y quién demonios era aquella Marina de la que, quizá, estuvieron los dos enamorados. El pianista le había contado demasiadas mentiras.

—Me tengo que ir, todavía no he comido. Siento que hayas recordado cosas tristes por mi culpa.

—No pasa nada. —La voz del chico era casi un susurro.

—Me gustaría conocer a tu amigo el pianista. ¿Me avisarás la próxima vez que venga a verte? Pero no le digas que voy a aparecer, prefiero que sea una sorpresa.

Toni se limitó a asentir con la cabeza.

—No quiero dejarte así. Será mejor que te cuente alguna tontería de las mías antes de marcharme, para que te cambie esa cara de acelga que tienes ahora mismo.

—¿Cara de acelga? —sonrió Toni.

—Sí, de acelga cocida, que es peor.

Aunque en su cabeza no dejaba de dar vueltas a los motivos de Ludwig, consiguió alegrarle la tarde a Toni. De momento se callaría, nada de revelarle al pianista lo que había descubierto, nada de plantear preguntas comprometidas a su nuevo amigo. Los sorprendería, a los dos, el día menos pensado, pero no ese. Prefería disfrutar de la complicidad de aquel chico paliducho que luchaba por salir adelante. Se fijó en sus manos, eran delicadas, con dedos alargados y uñas perfectamente cortadas, no se las mordía, como ella. La sonrisa de Toni, que se asomaba entre las huellas de la enfermedad, le pareció la más hermosa del mundo, la de alguien que cree en la vida y en la alegría a pesar de haber bailado con la muerte. Era la sonrisa de un héroe.

28. Do, de domingo (por la tarde)

Frente a la ventana, Marina contemplaba la lluvia con su monótono repiqueteo sobre el tejadillo del patio interior. Las vistas desde su cuarto se limitaban a los ladrillos de la pared y las cortinas del vecindario. Se aburría y eso era peligroso, las ideas más peregrinas se le ocurrían cuando no tenía nada que hacer. No era cierto, sí que tenía muchas tareas pendientes: arreglar su cuarto, estudiar los temas del examen del lunes, terminar un dibujo y acabar los ejercicios de Matemáticas. Todo poco emocionante. Lo único que hacía era mirar el móvil hora tras hora: ver vídeos absurdos, fotos sin interés y cotillear las redes de sus amigas. Masticaba un chicle mientras rumiaba su enfado con Luis, los pensamientos daban vueltas al ritmo del chicle en su boca. El sábado había salido un rato con su amiga Claudia por la mañana, la tarde la pasó entera peleándose con su madre e insultando a su hermano que no paraba se meterse con ella. El domingo lluvioso estaba a punto de hacerle perder la cabeza. Había bailado todas sus canciones favoritas hasta la extenuación y nadie quería aventurarse a pasear con el diluvio que inundaba las calles. Hasta había leído un par de capítulos de la biografía de Beethoven que Luis le había dejado; no estaba mal, pero tampoco era tan interesante como para dedicarle más de media hora.

—Odio los domingos por la tarde —dijo, aunque nadie podía escucharla.

Como respuesta, el móvil sonó. Era un mensaje de Luis. A Marina se le aceleró el corazón. «Quiero hablar contigo. Estoy en la puerta del insti. Trae paraguas».

Tiró el chicle a la papelera, se calzó y buscó el chubasquero y el paraguas en menos de lo que Luis tardó en escribir el mensaje. Igual que habría hecho la Lucy de Schroeder. Su héroe venía a rescatarla del aburrimiento. Esperaba que no siguiera enfadado, aunque el tono frío del mensaje no hacía presagiar nada bueno. Marina quiso creer que el pianista solía ser así: parco en palabras. Además, ella tenía más motivos para estar molesta. Había decidido no revelarle que sabía la verdad y no preguntarle aún por los motivos de aquel montaje que la había llevado hasta Toni. Prefería darle un buen susto y aparecer por casa del chico cuando él estuviese allí. ¡Menudo golpe de efecto! Dudaba de si sería capaz de quedarse callada hasta ese momento o si acabaría por reprocharle su actitud en cuanto le viese la cara. Y tampoco se creía aquel rollo de que no podía enamorarse de nadie. ¿Y si Ludwig era un mentiroso patológico?

En la calle la recibió una lluvia torrencial, se subió la capucha y abrió el paraguas, adornado con un dibujo de la sirenita; era el único que había encontrado por casa y no estaba roto. Pisando charcos, a saltos, llegó hasta su destino. Desde lejos vio a Luis empapándose bajo la lluvia, el cabello le chorreaba como si se encontrase en la ducha. Marina no sabía bien si le daba lástima o risa. Optó por lo segundo.

—He traído paraguas pero he olvidado el champú —bromeó.

El chico se resguardó de la lluvia, aunque ya era demasiado tarde. No le gustaba llevar paraguas, nunca salía de casa con él, ni siquiera de niño pidió que le compraran uno con dibujos infantiles. Esa tarde de domingo se arrepintió de su absurda manía y agradeció que existieran las sirenitas de cuento.

—Odio los domingos por la tarde. —Marina repitió la frase, esta vez sí tenía un oyente.

—Yo también.

—¡Vaya! Por fin tenemos algo en común. ¿Por qué te largaste tan enfadado el viernes del ensayo?

—¿Hace falta explicarlo?

—Tampoco es para tanto. Ya cantamos una canción que es, en parte, un rap.

—Pero no es uno compuesto por Rafa.

—¿Y qué? ¿Lo has escuchado alguna vez? Lo mismo no está tan mal.

Luis la miró con incredulidad y continuó caminando bajo la lluvia cada vez más deprisa. A Marina le costaba seguirle, sus piernas no eran tan largas. Era como una cebra paticorta persiguiendo a una jirafa empapada.

—No corras tanto, Ludwig. Piensa en Beethoven.

—¿Qué tiene que ver en esto? —dijo deteniéndose de golpe.

—Pues que era un patoso, eso he leído en el libro que me dejaste. No bailaba bien y sus manos, tan ágiles para tocar el piano, eran torpes y tiraban o rompían lo que tocaban. Él no echaría a correr como tú, pisando charcos y saltando por las aceras.

Ralentizó el paso al tiempo que la lluvia empezaba a dar una tregua. Era el momento de saber el motivo de su llamada.

—Bueno, ¿qué quieres de mí un domingo por la tarde, Ludwig? ¿O me has llamado solo porque estabas aburrido en casa?

—Necesito tu ayuda, lo que voy a contarte es un secreto —dijo al fin—. Tienes que prometerme que no se lo vas a decir a nadie.

—¡Uy! ¡Qué misterio! Lo prometo —dijo con solemnidad, levantando una mano y posando la otra sobre el pecho a la altura del corazón.

—Tengo la respuesta al acertijo. Yo se lo propuse a Sandra.

—¡Vaya! —exclamó—. Así que estáis compinchados. Está bien, no diré nada a los demás.

—No es solo eso. —Luis bajó el tono de voz—. Quiero que seas tú quien lo adivine.

—¡Ah! ¡Qué generoso! ¿Me ves cantando como solista una canción de Rihanna? ¿O *Memories* de Maroon 5?

—No, preferiría que pidieras la *Novena sinfonía* de Beethoven, el «Himno a la alegría». Se trata, sobre todo, de que Rafa no nos imponga su rap.

—Si él lo acertase, no estaría imponiendo nada.

—¿Me vas a ayudar o no? —preguntó él, tajante—. Estoy casi seguro de que Rafa no lo va a adivinar, pero prefiero asegurarme.

—¿No sospecharán? Nos ven juntos muchas veces...

—Los compañeros no saben que yo me he inventado la adivinanza.

—Pero Sandra sí.

Luis no deseaba defraudar a la profesora ni sentir sobre él su mirada de reproche que hablaba sin palabras.

—Le diré que te presté un libro sobre Beethoven porque he conseguido que te interese la vida del músico.

—¡Ah! —De pronto comprendió—. Entonces el acertijo tiene que ver con él. Claro, si te lo has inventado tú...

—Y no voy a mentir a Sandra. Ya tienes la pista clave.

—¿Pretendes que me lea la biografía entera para buscar la respuesta? Ni de coña —saltó ella, enfadada.

—No tiene que ver con su vida, sino con su obra. Me basta con que escuches una sinfonía, a ver si eres capaz de deducir la respuesta. Beethoven compuso nueve sinfonías, treinta y dos sonatas para piano, un montón de obra de cámara, conciertos para piano, para violín y triple, dos misas, un oratorio, la ópera *Fidelio,* un *ballet,* músicas para obras teatrales...

—¡Para, para, para! —cortó—. ¿Estás de broma, Ludwig? ¿Quieres que escuche todo ese tostón en busca de no sé qué?

El chico rio, la agarró por el cuello con el brazo y le revolvió el cabello, en un gesto que Marina no supo cómo interpretar.

—Solo tienes que escuchar la *Quinta,* y no hace falta que sea entera.

—¿Y qué respuesta voy a encontrar en la *Quinta sinfonía* de Beethoven? ¿Me tomas el pelo?

—Tú escucha.

—No acabo de entenderlo y no sé si me apetece cantar a Beethoven, los demás compañeros están deseando acertar. ¿Quién necesitará la respuesta más que nadie?

—Yo necesito que hagas esto, que creas en mí.

—¿Y si eres un mentiroso? —soltó la pregunta sin pensar, iba cargada con balas de reproche—. Estoy un poco harta de tus secretos.

Luis bajó la cabeza, no se atrevía a mirarla; si lo hacía, ella descubriría la falsedad en su rostro. No era sincero con Marina, aunque en esta ocasión sí decía la verdad.

—Por favor... —musitó él.

—Está bien —resopló—. Haré lo que pueda, pero recuerda que me debes una.

En realidad, le debía dos. Faltaba que le contase por qué se había empeñado en que conociese a Toni con ese recurso tan burdo y, sobre todo, quién era aquella otra Marina que desapareció misteriosamente. Prefería guardarse un as en la manga, para otra ocasión. Demasiados secretos para un domingo por la tarde.

29. Re, de reconocerse (en los otros)

Habían quedado en el parque, al lado del instituto. A Rafa cada vez le costaba menos convencer a Laura para dar un paseo juntos. Ella se dejaba querer y vencía con cierto esfuerzo las ganas de continuar encerrada en su cuarto y en sí misma. Rafa la ayudaba a escapar de la angustia, a subir su autoestima, le recordaba que existía la vida fuera de las cuatro paredes, de los espejos y las obsesiones.

—Cada día estás más guapa.

Con esta frase la recibió el chico, que esperaba dando vueltas alrededor de un banco, preso de su propia inquietud. Siempre que quedaba con ella, temía que no apareciera.

—¿Nos sentamos? —propuso él.

—Prefiero caminar.

Laura pensó que así quemaría más calorías que sentada, no era capaz de librarse de esa paranoia, y le costaba ralentizar el paso.

—Pero sin correr, por favor —le pidió Rafa, que conocía bien la manía de Laura de acelerarse sin necesidad.

—Lo intentaré —musitó.

—Estoy un poco nervioso, el viernes tengo que exponer en el ensayo del coro la presentación sobre el rap. ¿Crees que a Sandra y a los compañeros les gustará?

—El del piano seguro que sale corriendo con mala cara, como el otro día.

—¡Paso de ese tío amargado! Todavía no tengo la solución de la adivinanza, pero Sandra me ha dado una pista. Dice que, como acerté la primera parte, me merezco una pequeña ayuda.

—¡Vaya! Eres un enchufado —bromeó la chica.

—Quiero que me escuchen cantar, que valoren los temas que compongo.

—¿Y qué pista te dio?

—Dice que tiene que ver con música clásica, que escuche algunas sinfonías famosas. Seguro que doy con ello. Quiero que la canción de cierre sea un rap que hable de nosotros.

—Es una buena idea. Estoy contenta en el coro —reconoció Laura—. No hay ninguna responsabilidad individual, no hay que contarle tu vida a nadie, cuando tu voz se une a las demás suena muy bien, es algo de todos. Me libera y me ayuda a no pensar en cosas tristes.

—Yo también me alegro de haberme apuntado. Lo hice por Roberto, él era mi mejor amigo y me necesitaba.

—¿Era?

—Bueno, ahora no sé qué le pasa. Se enfadó conmigo, aunque no entiendo por qué. Está pasando un mal momento, su padre murió.

—Lo sé, tiene que ser terrible.

—Todos hemos pasado malos momentos —sentenció él.

—¿Tú también?

—Soy un rebelde con causa —dijo con una media sonrisa—. Mi vida tampoco es del todo fácil. Teníamos una empresa familiar que quebró, desde entonces mi padre sufre depresión. Hay días que no se levanta de la cama. Mi madre también trabajaba en la empresa, ahora tiene varios empleos precarios. Yo iba a un colegio privado, de esos caros, me cambiaron al instituto porque ya no podían pagarlo. Al principio me encontré perdido, hasta que llegó Roberto. Él me aceptó enseguida, fue mi primer amigo en el insti. A él le gusta aprender cosas curiosas, como a mí. En primaria me aprendí el alfabeto morse, en el otro cole me comunicaba en clase con un amigo que también se lo sabía. Por eso acerté enseguida que tres puntos y una raya es la letra V. Roberto se sabe todas las capitales del mundo, desde que tenía diez años.

—En este coro todos tenemos un ala rota —habló Laura.

—La música sirve para curarla, el grupo sirve para curarla. Quizá por eso estamos ahí, nos reconocemos. Menos el pianista.

—No seas así con él. Seguro que también tiene sus problemas —terció ella—. Fíjate, yo tengo una familia perfecta: mis padres están bien, tienen trabajo, me adoran… Podríamos ser muy felices, si no fuera por mí.

—No te culpes de nada, Laura. La culpa es una mierda, un gran error que nos machaca. Piensa que cada vez estás mejor, que te vas a curar del todo enseguida.

—Creo que esta enfermedad nunca se cura del todo, pero confío en llevar una vida normal. Pronto.

—Estoy seguro —dijo al tiempo que agarraba la mano de la chica.

Laura lo agradeció, necesitaba una mano amiga que tirase de ella hacia arriba y no la soltó. El corazón de Rafa saltaba de felicidad, aquello era un paso importante. Parecían dos novios. ¿Podrían despedirse con un beso?

—¿Estás dispuesta a oír mi rollo sobre el rap? —No deseaba que aquel paseo acabara, había que alargarlo lo más posible—. Quiero que tú me escuches antes del viernes y opines.

—¡Claro! Seguro que no es un rollo.

Rafa empezó a contar mientras caminaban, cada vez más despacio, ajenos al mundo que les rodeaba. Desaparecieron el parque, los niños que jugaban al balón, las bicis que pasaban deprisa, las preocupaciones cotidianas. Cuando acabó el discurso, se detuvieron un instante.

—Les va a gustar mucho —aseguró Laura.

Y sin querer posó un beso suave en la mejilla del chico.

30. Mi, de miradas (cómplices o no)

—Antes de empezar el ensayo, tenemos que escuchar a Rafa.

Sandra le invitó a ocupar el lugar del profesor y el chico se acercó un tanto azorado. Hablar delante de sus compañeros, a pesar de que dominaba el tema a la perfección, le producía desasosiego. Todos lo miraban expectantes: Roberto aún no había perdido ese aire triste, aunque Rafa reconoció el afecto en sus ojos. Seguían siendo amigos, a pesar de las discusiones. Se prometió recuperarlo cuanto antes, por muy complicado que fuese. Laura le sonreía, dispuesta a escuchar, de nuevo, la historia del rap de los labios de Rafa. Su sonrisa era una ducha en el infierno,

—Perderemos tiempo de ensayo, y actuamos en unas semanas —protestó Luis.

—Aprender algo nuevo nunca es una pérdida de tiempo —intervino Sandra, que no deseaba que se desatara la polémica.

Luis se calló, poco convencido, pero no huyó del aula como el viernes anterior. Se lo había prometido a la profesora y no deseaba defraudarla, ella también necesitaba cómplices; en el fondo, era la que se encontraba más sola.

—Hay quien piensa que el rap se inventó en este siglo, pero llegó en los años ochenta del pasado para cambiarlo todo —empezó a contar Rafa—. Nació en los barrios más marginales de Nueva York y era una especie de derivación del *funk*. Su aparición fue una verdadera revolución en el mundo de la música.

Acompañaba sus palabras con una presentación de fotos para que los compañeros no se aburrieran. Además, le gustaban esas imágenes del Bronx, de los grafiteros, de sus raperos favoritos, un mundo lejano del que se sentía partícipe más allá del espacio y el tiempo.

—Las rimas se apoderaron de la música urbana y las calles se convirtieron en los escenarios de un estilo que deseaba contar de forma poética y artística lo que sucedía en un entorno lleno de violencia en el que la lucha contra el poder establecido era constante.

—Mira, eran unos revolucionarios como Beethoven —interrumpió Marina, dirigiéndose a Luis.

Unos cuantos rieron la ocurrencia, Luis le lanzó una mirada asesina y Sandra saltó, enfadada:

—No se interrumpe, Marina. A la próxima, te vas fuera de clase.

Ni siquiera pidió perdón, solo se encogió en la silla y se prometió quedarse en silencio hasta el final del relato de Rafa.

—Además, el rap, aunque no lo hacía habitualmente, podía prescindir de música —continuó—. Los MC o maestros de ceremonia, como se conoce también a los raperos, podían dar forma a sus canciones superponiendo sus rimas a una base musical o simplemente soltándolas en el silencio.

—Pero ¿qué significa la palabra rap? —Esta vez fue Marta quien habló, aunque la pregunta no era para hacer una broma.

—Hay varias teorías —dijo Rafa, cada vez más tranquilo y seguro de su exposición—. Puede ser un acrónimo de *Rythm and Poetry,* ritmo y poesía; de *Recite a Poem,* recitar un poema; de Revolución, Actitud y Poesía, o de *Respect and Peace,* respeto y paz. También puede venir de la palabra inglesa rap, que significa golpear, golpe seco o hablar. Los tres significados van muy bien con lo que es la música rap.

—Me gusta lo de respeto y paz —intervino la profe—. A ver si lo ponéis en práctica.

—Voy a hablaros ahora un poco de los primeros raperos importantes. Aunque no estuvieron ahí desde el principio, la historia del rap no se entiende sin los nombres de Tupac Shakur, Notorious B.I.G. y Rakim. Estos tres son, sin duda, los máximos representantes del rap, tanto por su música como por su influencia en la cultura del hiphop y en el mundo *underground* en general.

—¿Qué es eso de *underground?* —Marina no pudo evitar interrumpir de nuevo a pesar de sus esfuerzos por permanecer callada—. ¡Ay! Perdón —esta vez sí se disculpó.

—Tienes razón, es una palabra rara, te lo explico. *Underground* suele aplicarse a artistas que no están ni quieren estar patrocinados por las empresas que explotan el arte. El rap *underground* es el rap que se hace sin ningún apoyo discográfico o monetario externo, sin contratos ni sellos discográficos con fines lucrativos. En algunos casos pueden ser apoyados por familiares o empresas musicales cuyo objetivo es más ayudar a los artistas que recibir ganancias.

—O sea, unos rebeldes totales que buscan el arte por el arte —comentó Marina.

—No me lo creo —habló Marta—. Los raperos famosos son ricos, y además de los que ostentan su dinero.

—Bueno —suspiró Rafa—. Es verdad que eso era al principio, ahora ha perdido un poco su esencia, aunque sigue habiendo raperos *underground.*

—¿Y si le dejamos seguir? —saltó Sandra—. A este paso no ensayamos.

—En España también hay buenos raperos. A mí me gustan mucho Reycled J, mi canción favorita de él es *Pa no volver,* y el dúo Natos y Waor, que compusieron *Cicatrices.* He ido a algunos de sus conciertos; en uno cantaron juntos *Dime que sí.* El rapero más legendario fue Tupac Shakur, es considerado por muchos MC como el mejor rapero de todos los tiempos. Fue el primero en sacar un doble álbum. Centró sus canciones, sobre todo, en temas sociales, como el racismo, las desigualdades o las drogas. Compuso temas muy populares, como *Changes, Old School* o *When Thugz Cry.* Murió asesinado en Las Vegas el 13 de septiembre de 1996, cuando solo tenía 25 años.

—¿Asesinado? ¡Qué fuerte! —soltó Marina, espantada.

—Nunca se aclaró el crimen. The Notorious B.I.G., conocido como Biggie, otro de los mejores raperos, también fue víctima de un asesinato. Ya os conté algo cuando ensayamos la canción de *I'll Be Missing You.* Lo mataron en Los Ángeles, en 1997, cuando tenía 24 años. Según algunas teorías, podría estar relacionado con el de Tupac.

—Siempre hay gente mala a la que le molesta los que van por libre, los que denuncian las injusticias, los que dicen la verdad —dijo Marta.

—The Notorious B.I.G. ha vendido más de treinta millones de copias de sus álbumes —siguió Rafa—. Pasará a la historia del rap por canciones como *Juicy, Big Poppa* o *Hipnotize.* La canción *I'll Be Missing You* la grabó Puff Daddy en colaboración con Faith Evans y 112 en memoria de Biggie. Ya sabéis que usa como base la melodía de la canción de Police *Every Breath You Take*.

—Ahora la escucharé de otra manera. —El comentario inesperado de Luis los dejó estupefactos—. Aunque nunca me gustará el rap, te lo aseguro.

Parecía que la exposición de Rafa no había dejado indiferente al pianista y había logrado minar en parte sus prejuicios. Marina lo miró y se sonrieron, ella lo vio más guapo que nunca.

—Gracias —musitó Rafa, sorprendido—. Lo interesante es que los oigáis. ¿Puedo poner un par de canciones, Sandra? Aunque no las escuchemos hasta el final.

—¿Qué os parece? —les interpeló la profe.

—¡Sí! —gritaron todos.

Las miradas de Laura y Rafa se cruzaron, él sintió que había triunfado.

31. Fa, de famoso (todavía no)

Aún les quedó tiempo para cantar *Eso que tú me das,* Sandra deseaba sorprenderlos con un tema nuevo con un arreglo armónico, pero no era solo eso. Desde que comenzaron a ensayar pensó en el momento adecuado para llegar a esa canción. Sería cuando ya se hubieran convertido en un grupo, cuando hubieran descubierto que estar en el coro valía la pena y que la amistad de sus compañeros merecía dar gracias a la vida. La profe sabía que la letra les iba a llegar al alma, el objetivo se materializaba, ya no eran individuos aislados y solos. Empezaban a convertirse en un grupo de amigos, en los que apoyarse, y para siempre.

Eso que tú me das
no creo lo tenga merecido.
Todo lo que me das,
te estaré siempre agradecido.
Así que gracias por estar,
por tu amistad y tu compañía.
Eres lo mejor que me ha dado la vida.
Por todo lo que recibí,
estar aquí vale la pena.

Gracias a ti seguí
remando contra la marea.
Con todo lo que recibí,
ahora sé que no estoy solo.
Ahora te tengo a ti.
Amigo mío, mi tesoro.
Así que gracias por estar,
por tu amistad y tu compañía.
Eres lo mejor que me ha dado la vida.

Las voces empastaban, la música llenaba los huecos que la vida provocaba con sus vaivenes y sus imprevistos. Sonaban como uno solo, con la fuerza de todos, con la ilusión y la alegría de quienes cumplen un deseo. Se miraban entre ellos y sonreían, cómplices, como si cada uno le cantara esa letra a los demás.

—Mirad, tengo la piel de pollo. —Usó su habitual expresión para demostrarles lo emocionada que se sentía al escucharlos.

El tiempo pasó en un soplo. Al finalizar la hora, no querían separarse y salieron formando grupitos cada vez más numerosos. El único que salió solo del aula fue Luis; mientras, Sandra, un tanto acelerada, lo apremiaba.

El pianista se demoraba y Marina se había unido a Rafa, Roberto, Laura y otras chicas; por primera vez, no se acercó a él después del ensayo. Era como si se hubiera pasado al enemigo. A Luis le fastidiaba ese carácter cambiante de Marina; prefería que fuese leal, insistente con él, a pesar de sus desplantes. Le estaba bien empleado, por no hacerle el caso que merecía, por contarle verdades a medias. Esperaba que no fuese demasiado tarde y recuperarla cuanto antes. Al salir del instituto, vio como se alejaban y reconoció la risa de Marina entre todas las demás. No quiso seguirlos, se desvió por la calle de detrás para no tropezarse con ellos y corrió todo lo que sus largas piernas le permitían.

—¡Qué bueno lo que has contado sobre el rap! —le decía Marina a Rafa.

—Y yo que pensaba que era una música solo de macarras —habló Marta y todos rieron.

—¿Tengo pinta de macarra? —respondió Rafa, divertido.

—Compone unas canciones muy chulas —aseguró Roberto.

—Es verdad —corroboró Laura.

—¡Vaya! —saltó Eva—. ¿Has escuchado alguna?

Laura se sonrojó, no quería que sus amigas supieran la relación que había entre ellos dos. Había hablado de más.

—Ya lo creo —respondió Rafa por ella—. Es mi musa.

—¿Tu qué? —preguntó Marina.

—Quiere decir que ella le inspira las canciones —explicó Marta.

—¿Tenemos parejita? —fue la indiscreta pregunta de Marina.

Como única respuesta, Laura le dio un empujón; Rafa la miró divertido, y Roberto, Marta y Eva se quedaron perplejos.

—Está componiendo un rap sobre el coro con una letra relacionada con nosotros, quiere nombraros a todos. Esa sería la canción ideal para acabar el concierto, ¿no os parece? —contó Laura, para salir del atolladero.

—Nosotros habíamos pensado otra cosa —dijo Roberto, quien aún soñaba con cantar a los Beatles en honor a su padre.

—A ver si acabas siendo un rapero famoso y nosotros contigo —bromeó Marta.

—Si acierto la adivinanza, le pediré a Sandra que la cantemos al final del concierto —reveló Rafa.

—No es mala idea —comentó Marina—. Aunque dudo de que lo consigas, es demasiado complicado.

Le costó ocultar lo que sabía, la pista que le había dado Luis para que llegase a la respuesta. Y casi la tenía, solo le faltaba que el pianista le confirmase que era la correcta. No olvidaba que la condición era que no se la dijera a Rafa, y en ese momento le parecía la persona más indicada para resolver el enigma. De pronto se percató de que lo había abandonado, su Ludwig caminaría taciturno y solitario en dirección a su casa. Lucy se había olvidado de su Schroeder. Debía dar media vuelta.

—¡Chicos, lo siento! Tengo que volver, he olvidado algo —les dijo.

—Pues te vas a encontrar el insti ya cerrado —contestó Marta.

—Es igual, adiós. —Y salió corriendo en dirección contraria.

El grupo continuó con la charla, bromearon sobre la posibilidad de que Rafa se hiciese famoso y comentaron las canciones del coro. En la esquina de la calle se dividieron.

—Nosotros seguimos por aquí —dijo Rafa señalando hacia la derecha, hacia la casa de Laura.

Marta y Eva conocían la dirección, ya no les quedaba ninguna duda de que entre ellos dos había algo más que una simple relación de compañeros de coro. Aunque parecía que así se alejaba de ellas, ese rato la habían sentido algo más cerca que en los últimos meses, al menos hablaba y bromeaba.

Se despidieron hasta el lunes y siguieron los tres acompañándose. Las dos chicas irían con Roberto hasta su casa.

—Parecen contentos —musitó el chico.

Le dolía pensar que Rafa nunca lo elegiría ni lo amaría como amaba a Laura. Sabía que tarde o temprano ocurriría, delante de sus ojos, y que la realidad acabaría por imponerse con su cara más amarga.

Un silencio espeso, como el preludio de que algo va a suceder, se instaló entre ellos. Después de la algarabía del grupo, habían pasado al mutismo, a su pesar. Marta intuyó que los tres andaban en la misma tesitura, asimilando el rechazo y la derrota.

—Sí, están felices —dijo Marta, rompiendo el silencio—. Nos alegramos por los dos, ¿verdad?

Miró a los otros, con una sonrisa nada forzada en los labios, y tomó a ambos de la mano. Eva se dio cuenta de que, hasta ese momento, había mirado en la dirección equivocada, Marta y Roberto jamás la habían llamado Bolita. Roberto agradeció la complicidad de las chicas, que sabían mucho más de él mismo de lo que era capaz de confesar.

Cantando *Eso que tú me das* a tres voces y sin soltarse, se fueron despojando de la desilusión. No se encontraban solos.

32. Sol, de soltar (lo que sientes)

Por mucho que lo buscó, no encontró a Luis. No lo vio en dirección a su casa, ni por la calle, ni en el portal. Las piernas largas del pianista caminaban más deprisa que las de Marina y se quedó plantada delante del edificio, sin atreverse a llamarlo. Podría pedirle que bajase un momento, pero estaba segura de que, si lo hacía, acabaría soltándole lo que sabía, reprochándole su mentira y echándolo todo a perder. Prefería recurrir al golpe de efecto: sorprenderlo en casa de Toni cuando menos se lo esperase. A ver qué cara ponía. Deseaba saber los motivos del pianista, por qué la había embarcado así en la vida de su amigo, y sobre todo quién era aquella Marina a la que tanto se parecía y dónde estaba. Si en algún momento lograba conocerla, le soltaría que era indigno abandonar a un amigo enfermo.

En casa, nadie salió a recibirla, solo el silencio. Ni siquiera había algo de comida preparada en la cocina. Tuvo que improvisar un bocadillo con pan del día anterior y masticarlo con esfuerzo. Ningún miembro de la familia se había molestado en informarla sobre dónde se encontraba. Daba igual. Cada uno por su lado, como piezas que no encajan obligadas a convivir en el mismo espacio. Por eso huían, para buscar otro lugar y otra gente más afín. El hermano estaría con su pandilla de chavales inadaptados; la madre, buscando a quién pedir algo prestado; el padre, en la barra del local de apuestas del barrio gastando un dinero que no tenía. ¿Cómo evadirse de tanta miseria? La respuesta era no pensarlo, colgarse todo el día del móvil, refugiarse en su Ludwig aunque fuese un mentiroso, en el coro, en la música, en las amigas que aún le hacían caso y en Toni que la necesitaba. Era la primera vez que alguien la necesitaba a ella. Y era una sensación placentera, como si de esta manera la vida tuviera un sentido nuevo.

—Ta ta ta channnn —canturreaba entre bocado y bocado.

Buscó la *Quinta sinfonía* en el móvil, deseaba seguir escuchándola, era hipnótica: no te cansabas de esas cuatro notas. Le habría gustado decirle al pianista, al final del ensayo, que ya tenía la respuesta. Tres cortas y una larga, tres corcheas y una blanca. Como en el alfabeto morse. No había sido difícil porque le había dado la pista fundamental. La música de Beethoven era mucho más interesante de lo que pensaba antes de conocer a Ludwig. Seguro que esas cuatro notas tenían un significado, estaba deseando preguntárselo. ¿Qué intentaba contar Beethoven con esa música? ¿Y a ella? ¿Qué le sugería? Parecía la banda sonora de una revelación, el preludio de un acontecimiento importante, de una sorpresa.

—Ta ta ta channnn. Y Ludwig me dice que me quiere —mascullaba Marina, soltando deseos—. Ta ta ta channnn. Y saco un sobresaliente en Música. Ta ta ta channnn. Y mi hermano me da un abrazo. Ta ta ta channnn. Y Toni se cura. Ta ta ta channnn. Y la otra Marina vuelve, de pronto. Ta ta ta channn. Y Ludwig me ve aparecer en casa de Toni.

Se rio sola de la ocurrencia. No lo pensó dos veces y, antes de que pudiera arrepentirse, marcó el número de Toni. Al chico no le dio tiempo ni a responder.

—Quiero conocer a tu amigo Luis, ¿por qué no lo invitas esta tarde a tu casa?

Toni, desconcertado, tardó en contestar.

—Él no necesita invitación, viene cuando quiere. Como tú —rio.

—Pídele que vaya a verte esta misma tarde, pero no le digas que va a estar también una amiga tuya que se llama Marina. Y tampoco se lo cuentes a Elvira, no sé si le caigo bien, el otro día me miró raro.

—Pensó que no eran horas, pero sí le gustas —aseguró el chico.

—Da igual, prométeme que no se lo dirás —insistió ella.

—No entiendo a qué viene tanto secreto.

—Ya lo sabrás. Por favor, hazme caso. Nunca te he pedido nada.

—Está bien. Llamo a Luis y te digo. Seguro que se anima a venir. En el fondo me gusta la idea, quiero que os conozcáis. Le he hablado mucho de ti.

—Pues tú no me habías hablado de él, hasta el otro día y porque salió la conversación.

Toni debería haber contestado: «Me hizo prometerle que no lo haría». Pero no quiso desvelar la verdad para no traicionar a su amigo. ¿No era también una traición convocarlo sin confesarle que se encontraría con Marina? ¿Por qué ese empeño en que no le hablase de él? Era la ocasión de levantar los velos, de hablar claro, de conocer. Él tampoco sabía toda la verdad porque le daba miedo. Era el momento de las preguntas y de las respuestas, por mucho que dolieran.

Toni colgó sin decir nada más, dejando a Marina con la palabra en la boca, y se dispuso a llamar a Luis. Respiró hondo. Había que tomar decisiones, ya estaba bien de que fuesen otros quienes actuaran por él. Sus padres, Elvira, Luis... Todos lo protegían, hasta pensaban por él. Y se dejaba hacer, sin plantearse nada. Así era más cómodo, solo se centraba en la enfermedad, pero esta lo había engullido con su piel de serpiente, como una boa, y ahora no sabía bien quién era. ¿Había llegado esta nueva Marina a su vida para recordárselo?

No le costó convencer a Luis para que lo visitara esa misma tarde, siempre acudía solícito cuando lo llamaba. Acto seguido, sin perder un minuto, se lo comunicó a Marina:

—Sí, puede. Vendrá hacia las seis. No tardes en aparecer, le he dicho que tenía algo que contarle y no sé qué le voy a decir...

Marina tampoco estaba segura de qué iba a decirle a su Ludwig cuando se viesen, cara a cara, en el lugar incorrecto.

La impaciencia la sacó de casa a las cinco. Llegó mucho antes que él y se quedó escondida tras los soportales de la acera contraria. El tiempo de la espera se estira y se encoge, es preludio de lo hermoso o de lo terrible. Y ella no sabía cuál de las dos cosas iba a suceder. Las cuatro notas de la *Quinta sinfonía* seguían incrustadas en su pensamiento y no dejaba de cantarlas a media voz o dentro de su cabeza. Desde entonces irían unidas irremediablemente a aquella tarde decisiva.

—Ta ta ta channnn —cantaba, cuando vio aparecer a Luis ante el portal de Toni.

Apenas había entrado el chico en el ascensor cuando Marina alcanzó el portal. No necesitó llamar, una señora salía del edificio y le franqueó la entrada.

—Voy al tercero —aclaró sin necesidad.

Subió los tres pisos saltando, casi flotando por encima de los peldaños, de cuatro en cuatro.

—Ta ta ta channnn.

Llamó al timbre usando las cuatro notas. Tres toques cortos y uno largo. Al instante, Luis abrió la puerta. Los dos amigos seguían en la entrada, no les había dado tiempo ni a saludarse. La cara de Luis reflejaba asombro y disgusto.

—¿Qué haces aquí? —preguntó muy serio.

—Eso debería preguntártelo yo.

—¿Os conocéis? —dijo Toni, desconcertado.

—¡Claro que nos conocemos! —saltó Marina, indignada—. Del coro, yo pensaba que éramos amigos. Pero Luis solo me cuenta mentiras. ¿Cuándo me ibas a decir la verdad?

—¿Qué verdad? —Toni no entendía qué estaba ocurriendo.

—Me engañó. Me dio un número de teléfono que no era el suyo, sino el de Elvira. Y me animó a que viniese a verte sin decirme que erais amigos. Tu hermana también colaboró, está claro.

—Yo no te obligué, viniste porque te dio la gana —replicó Luis.

—¿Por qué tanto secreto? No lo entiendo. ¿Cuándo me lo ibas a contar? Y, sobre todo, ¿quién es Marina y dónde se ha metido todo este tiempo? Seguro que lo sabes.

—Te lo has cargado todo —musitó Luis.

Salió de la casa sin despedirse, sin cerrar la puerta, y corrió escaleras abajo.

—¡Ludwig! —gritó Marina por el hueco.

Pero solo alcanzó a ver el cabello revuelto del pianista, que se alejaba sin remedio.

33. La, de lágrimas

—Lo he estropeado todo.

Marina entró en la casa, donde le esperaba un Toni conmocionado por la escena que acababa de presenciar. No pudo reprimir las lágrimas, si perdía al pianista el mundo volvería a ser gris y mudo, sin colores y sin música. Él era un mentiroso y la había utilizado, sin más.

—Te lo explicaré —sollozó—. Luego, tendrá que ser Luis quien te cuente el resto, lo que yo no sé.

Marina narró al detalle lo sucedido: el número de teléfono confundido adrede, la insistencia en que fuese a verlo sin contarle que eran amigos; jamás sospechó que su Ludwig hubiera tramado el encuentro entre ellos.

—No sé bien por qué lo hizo, pero me alegro de que aparecieras por aquí. Me has alegrado muchas tardes —aseguró Toni, que deseaba sofocar el disgusto de su amiga.

—¿No te molesta que nos haya engañado?

—Yo me he dejado engañar —admitió él—. Sé que hay más cosas que no me han contado. Quieren protegerme, que no sufra, que crea que todo está bien. Elvira, mis padres, Luis... solo me dicen lo que creen que no me va a hacer daño. Ni siquiera sé si mienten cuando aseguran que casi estoy curado. Prefiero creerles pero seguir encerrado en casa para que la realidad no me toque. Si vuelvo al instituto... —Los ojos del chico se iluminaron, al borde de las lágrimas.

—¿Qué va a pasar? Pues nada malo. Volverás a las clases, a los amigos...

—Marina estaba en mi clase. Cuando regrese me enteraré de lo que le ha pasado. No me creo que se haya largado así, de repente.

—Los demás lo saben pero no te lo quieren contar, ¿verdad?

Toni asintió, al tiempo que estalló en un llanto inconsolable. Marina lo abrazó, le pareció frágil como un pajarillo.

—Todo se va a arreglar. Te lo prometo. No estás solo —le susurraba ella al oído—. Vas a salir adelante, aunque la verdad duela. No voy a separarme de tu lado. Soy torpe, quizá meta la pata en algún momento, como hoy, pero tienes que saber que soy tu amiga, por encima de todo.

Toni se aferró a esa última frase, dejó de llorar y le pidió a Marina que le cantase algo. La respuesta fue *Justo cuando el mundo apriete*. Y al chico le pareció que escuchaba la voz más hermosa que había oído jamás.

Marina salió tarde de casa de Toni, nadie la echaría de menos en la suya. Sentimientos contrapuestos la agitaban. Por una parte, le alegraba haber entrado en la vida del chico lánguido, de contar con su amistad sanadora para los dos. Las horas juntos se le habían pasado volando. Era consciente de que su punto de locura hacía feliz a su nuevo amigo. Pero por otra le dolían las mentiras de Luis, los silencios traidores. Elucubraba respuestas absurdas al comportamiento inexplicable del pianista. ¿Y si la tal Marina y él eran novios y habían inventado esa trola para contentar a Toni y seguir con su idilio a espaldas del chico? En el fondo sabía que la verdad podía ser más amarga, más difícil de asimilar.

—Adiós, chiflada. —La voz de Rafa la sacó de sus pensamientos. Se habían cruzado en medio de la plaza.

—¡Espera! —lo llamó y él se detuvo.

—¿Pasa algo? —A Rafa le extrañaba que Marina quisiera detenerse a hablar con él. Nunca se habían llevado bien, aunque desde que coincidían en el coro, la relación había mejorado.

—Rafa, es la *Quinta* de Beethoven —soltó.

—¿La quinta? ¿Qué quieres decir?

—¡La respuesta al acertijo, idiota! —saltó, enfadada.

—Pero… —balbuceó él.

—Ta ta ta channnn —cantó—. Escúchala, son las cuatro primeras notas. Tres corcheas y una blanca. Las vas a reconocer enseguida. Son las cuatro notas más famosas de la historia de la música, hasta a mí me sonaban.

—¿Cómo lo has adivinado? —quiso saber él.

—Es largo de contar y no tengo tiempo. Te regalo la respuesta. Pide a Sandra que cantemos tu rap… o lo que te dé la gana.

—¿Por qué me lo dices a mí? —preguntó, extrañado.

—Porque no quiero hacer trampas y porque te lo mereces más que yo.

Y, sin decir más, escapó a la carrera al tiempo que los ojos se le llenaban de lágrimas. «Dale a quien quieras la respuesta, menos a Rafa». Las palabras de Luis retumbaban en su cabeza. No era por venganza, solo deseaba que él comprobara que ya no estaba a sus órdenes, que se podía rebelar, que nunca más la utilizaría para sus planes secretos; que ella era Marina, la única, la especial, y no una pieza más para realizar sus propósitos. Lo difícil iba a ser desenamorarse de él.

34. Si, de sí (afirmativo)

Boli, Boli, Bolita. Ese mote despreciable le taladraba los oídos y el alma cada vez que lo escuchaba. Hasta su hermano Santi, el mayor de los chicos, había empezado a llamarla así, después de que unos compañeros de clase se dirigieran a ella con esas cuatro letras.

Fue una mañana cuando llevaba a Santi a la escuela, de la mano, como todos los días, y se cruzó de frente con los chulitos de la clase. Eva rezó para que no la vieran, pero la vieron. No era fácil pasar desapercibida, ni esconderse, ni volverse invisible.

—Hasta luego, Boli. —Y las risas.

—Te han llamado Boli, Eva —reaccionó el niño—. Será porque estás como una bola.

Y rio también.

No lo regañó, en el fondo era un crío inocente. No dijo nada. La resignación era su seña de identidad. Ahora su hermano la llamaba así delante de los otros tres y el mote se iba extendiendo como una mancha de petróleo, viscosa y oscura. Por eso apreciaba tanto a Marta, cada vez más, pues nunca se dirigía a ella con ese odioso apelativo, la animaba a seguir adelante y cuando la necesitaba siempre respondía lo mismo: «Sí».

En casa seguía siendo dócil, aunque, animada por Marta, de vez en cuando pedía que la tuviesen en cuenta: algunas tardes libres para salir al parque a correr (o a caminar deprisa) o algo de dinero para comprar ropa nueva. No solía llevar ropa moderna, casi siempre vestía lo que heredaba de su prima, que era menos voluminosa que ella y una cursi. La ropa le apretaba, iba incómoda y avergonzada.

Por eso, la perspectiva de salir de compras con Marta aquella tarde le parecía casi un sueño. Había sacado buenas notas —algo en lo que Marta también había influido— y la recompensa daba para unos pantalones y una sudadera.

—¿Me acompañas al centro comercial?

—Sí. —La respuesta de Marta no se hizo esperar.

A su lado, Eva se sentía resguardada, libre de ser ella misma. Y a Marta, que tendía a proteger a los indefensos, le gustaba ayudarla. Al principio pensaba que tenían poco que ver: ella necesitaba saltar, correr, desfogarse, hacer atletismo y judo. Sin embargo, Eva nunca sería una deportista. No se propuso cambiarla, sino transformar aquella personalidad insegura y conservarla a su lado, siempre.

Se abrazaron al verse, no quisieron reprimir el impulso, y permanecieron así unos segundos. Eva pensó que se quedaría así el resto de su vida.

Disfrutaron de la compañía, se probaron toda la ropa que les gustaba mientras se reían de cada ocurrencia. Aquellos vaqueros desgastados con la sudadera azul no le sentaban mal a Eva.

—¿Crees que podría gustarle a alguien? —preguntó mirándose en el espejo del probador.

—Sí. Pero primero tienes que gustarte a ti misma. A mí me gustas —respondió Marta.

Las últimas palabras las pronunció casi en un susurro, Eva se estremeció al escucharlas.

El sonido del móvil de Marta las hizo reaccionar. La chica lo sacó del bolsillo y leyó el mensaje.

—Es Laura, quiere vernos. Dice que es importante.

—Pregúntale dónde quedamos.

—En el parque, en quince minutos —habló Marta al tiempo que escribía.

—Pues vamos a tener que correr —resopló Eva.

—¿Y qué problema hay? —dijo Marta entre risas.

—¡Qué me va a costar quitarme este pantalón!

—Venga, no exageres. No nos vendrá mal una carrerita —bromeó.

—Sobre todo a mí.

Eva exageraba, se dieron prisa y llegaron antes de tiempo, aunque ella con la respiración agitada. A los cinco minutos aparecieron Laura y Rafa, cogidos de la mano, pero esta vez las dos amigas no se sintieron incómodas. Laura lucía una hermosa trenza, Rafa había sido el artífice del peinado.

—Estábamos de compras —contó Marta a los recién llegados.

Se acomodaron los cuatro en un banco, Rafa sentado sobre el respaldo y las chicas giradas hacia él.

—Rafa tiene que contaros algo importante —habló Laura.

—Tengo la solución al acertijo del coro —dijo él.

—¡Qué bien! —exclamó Marta.

—Pero no lo he adivinado yo.

—¿Entonces? —preguntó Eva.

—Marina se lo ha dicho —contó Laura.

—Ayer por la tarde me crucé con ella y la saludé. Entonces me llamó y me dijo que lo había resuelto, y me dio la respuesta.

—¿Por qué lo hizo? Es raro —preguntó Eva.

—Sí, muy raro —siguió Rafa—. Me dijo que no quería hacer trampas y que me lo merecía más que ella.

—Sigo sin entenderlo, pero estoy deseando que me digas la respuesta —se impacientó Marta.

—Ta ta ta channnn —cantó Rafa—. Tres corcheas y una blanca, tres cortas y una larga en morse. ¡La *Quinta* de Beethoven!

—¡Sí! ¡Es verdad! —exclamó Marta.

—¿Y qué vas a pedirle a Sandra? —preguntó Eva—. ¿Que cantemos un rap de los tuyos?

—Ahora no estoy tan seguro —dudó Rafa—. Yo tampoco quiero hacer trampas. Quizá haya alguien que lo necesite más que yo.

—¿Qué quieres decir? —preguntó Eva.

—Seguidme —dijo levantándose del banco.

Sí. Las chicas lo siguieron, sospechaban adónde se dirigían sus pasos. Y les parecía una buena decisión.

35. Do, de dominar (el tema y la situación)

La expectación se palpaba en el aula de música. Era la hora del recreo, y Marta los había convocado a todos por WhatsApp. No faltaba nadie. A Sandra le ilusionaba ver la emoción en los ojos de los chicos. Imaginaba el motivo de tanto revuelo y se alegraba de compartir con los alumnos mucho más que una simple lección.

—No podíamos esperar hasta el viernes —habló Marta, que llevaba la voz cantante del grupo—. Hay algo importante que queremos contaros.

Un silencio cargado de intriga se instaló en la clase. Quien debía hablar no se atrevía a hacerlo.

—Yo… —balbuceó Roberto—. Sé la respuesta.

Los murmullos se extendieron, algunos aplaudieron, otros expresaron en alto su sorpresa. Luis y Marina permanecieron callados. Él, aliviado. Ella, extrañada: la respuesta se la había dado a Rafa, no a Roberto. Quizá el rapero era mejor de lo que pensaba y había sabido elegir a la persona que más merecía alzarse con la recompensa.

—¡Cuánto me alegro! —dijo Sandra—. Pero ¿estás seguro de que has acertado?

—Segurísimo —respondió rotundo—. Aunque, en realidad..., sin la ayuda de mis amigos no lo habría conseguido. Marta, Eva, Laura, Rafa, gracias. —También miró de soslayo a Marina, pero ella bajó la vista.

—Me gusta que sea un trabajo de equipo, es la finalidad de un coro: nuestra voz sola no es nada. Necesitamos al grupo, todos tenemos algo que aportar.

—¡Vamos! Queremos saber la respuesta de una vez —protestó Marina, como si no la supiera.

—Son las cuatro primeras notas de la *Quinta sinfonía* de Beethoven. Tres cortas y una larga, tres corcheas y una blanca —dijo Roberto alzando la voz.

—Ta ta ta channnn —entonaron sus cuatro amigos.

—¡Bravo! —aplaudió Sandra y los chicos la siguieron—. Seguro que todos las habéis escuchado alguna vez.

Luis las tocó al piano, los demás asintieron. Mientras comentaban la respuesta, Sandra buscó la sinfonía en el ordenador y enseguida comenzó a sonar. La música les hizo aplacarse, aguzar el oído y escuchar por encima de las voces. Cuando logró que todos permanecieran en silencio, bajó el volumen y les habló de la *Quinta* de Beethoven.

—Con este *leit motiv* de cuatro notas, se habría hecho rico ahora. Suena por todas partes, ¿verdad? Es una melodía revolucionaria. No voy a ser yo quien siga hablando. Luis es un experto en Beethoven, domina el tema más que yo, y quiero que sea él quien os cuente más cosas.

—Claro, hoy le toca a él. Igual que, el otro día, Rafa nos habló del rap —dijo Marta.

Marina se mordió la lengua, tenía que haber sido ella quien dijera eso, era quien mejor conocía la fascinación de su amigo por el compositor alemán, pero aún le pesaba el resentimiento.

Esperaba que Ludwig le diese alguna explicación a su desplante, que la llamara, que se disculpara, pero no había recibido ninguna señal desde que él escapó de casa de Toni.

Luis se puso en pie y, apoyado en el piano, comenzó a hablar de su compositor favorito, de la música que llenaba su vida. Habló de la vida de Beethoven, de sus logros y sus problemas, y se centró en la *Quinta sinfonía*.

—Con tres corcheas y una blanca, Beethoven creó todo un océano de música. Es como una marea que va creciendo. Hay quien ha escuchado, en esas cuatro notas, al destino que llama a la puerta. Es una música revolucionaria, lo fue en su tiempo como puede serlo ahora el rap —dijo mirando a Rafa—. Con tres corcheas y una blanca envió un mensaje secreto a favor de la libertad en una Viena conservadora. Durante la Segunda Guerra Mundial se convirtió en un mensaje especial para los aliados, era la letra uve en morse. La V de victoria.

Sandra hizo el gesto con la mano, los dos dedos señalaban una uve.

—Quiero que sea también nuestro lema, nuestro signo de resistencia ante lo que nos hace sentirnos mal: juntos, venceremos. Beethoven escribió esa música para liberarnos a todos. ¿Qué premio vas a pedir? —preguntó Sandra al ganador.

—Quiero que cantemos alguna canción de los Beatles, era el grupo favorito de mi padre.

—Cuenta con ello. Buscaré el arreglo de algún tema bonito.

El timbre señaló el final del recreo, nunca habían sentido tanto tener que separarse. Acabaron aplaudiendo a Roberto y haciendo, con dos dedos, la señal de victoria.

36. Re, de revelar (la verdad)

Esa misma mañana, a la salida de clase, Marina vio a Luis plantado como un árbol erguido y solitario. Sabía que la esperaba a ella, por eso caminó deprisa hasta el pianista. Tenía el rostro inclinado hacia el suelo y, de pronto, como si presintiera la aparición de Marina, alzó la cabeza y cruzó con ella una mirada cargada de emociones.

—Gracias —pronunció él con un hilo de voz—. Has elegido a la persona adecuada.

—No te fíes, no merezco que me agradezcas nada. Voy a ser sincera contigo. Le di la respuesta a Rafa, me lo encontré cuando salía de casa de Toni, estaba…

—Muy enfadada conmigo, y con razón —interrumpió él.

—Me mentiste.

—Te oculté la verdad.

—Es lo mismo. Y encima me dijiste que lo había estropeado todo.

Marina le dio la espalda y cruzó la calle en dirección al parque, en la puerta del instituto había demasiadas miradas curiosas, demasiados oídos alerta, y prefería más intimidad para resolver aquel conflicto entre ambos. Luis la siguió un paso por detrás, como si temiera que el rostro de Marina dibujara un gesto de reproche dirigido a él. Necesitaba que lo escuchara y que lo perdonara. En silencio, llegaron a un banco que ella eligió, algo alejado del bullicio.

Se sentaron uno al lado del otro y dejaron una distancia que, en otras ocasiones, a ella le habría parecido excesiva. Siempre buscaba el contacto físico con su Ludwig, el roce de una mano, un brazo pegado al otro, pero desde el desencuentro lo sentía lejos, como si hubiera escapado a un país remoto.

—No sé cómo empezar —dijo él.

—Por el principio, quiero saberlo todo. Y ni una mentira más —respondió ella.

—Puedes estar segura. Espero que me perdones.

—Eso ya lo veremos. —Quiso parecer dura, pero estaba deseando perdonarlo y que todo volviera a ser como antes... Incluso mejor.

—Cuando te conocí me pareció que eras divertida, aunque no el tipo de chica con la que habría hecho amistad. Demasiado ruidosa.

—Y tú prefieres el silencio y escuchar a Beethoven.

—Pero me dijiste que te llamabas Marina y entonces volvieron los recuerdos.

—Marina, como vuestra amiga. Esa de la que nadie sabe nada o no quiere decir nada.

Luis se quedó un rato en silencio y Marina fue incapaz de apremiarlo, a pesar de su impaciencia. Intuía que algo grave se ocultaba detrás de ese nombre.

—Beethoven peleó con su cuñada por ser el tutor de su sobrino Karl. Fue el hijo que nunca tuvo, pero fue muy agobiante con él, no lo dejaba vivir, lo espiaba —empezó a hablar con voz temblorosa.

—¿Por qué me hablas ahora de él? —saltó Marina, confundida.

—Déjame que siga, por favor —pidió.

Ella suspiró ruidosamente, como señal de que prefería ir al grano del asunto, pero estaba dispuesta a escuchar antes lo que hiciera falta.

—El pobre chico lo pasó fatal —siguió él—. Karl reaccionó a la presión de su tío y llevó una mala vida. Intentó suicidarse, pero falló los dos disparos y solo se hirió en la frente. Después de sobrevivir a los dos tiros, el tío empezó a tratarlo de manera más amable, la relación mejoró mucho. No hay que llegar a ese extremo.

—Desde luego que no, pero ¿qué me quieres contar con eso?

—Es lo peor, perder a alguien que quieres y que se ha suicidado, es la impotencia de pensar si podías haberlo evitado.

—¿Qué pasó con Marina? —A la chica le temblaba la voz.

—Sufría un trastorno bipolar. Cuando se encontraba bien era un encanto: cariñosa, divertida. Toni la adoraba. Pero si estaba en plena crisis, se volvía agresiva y nerviosa. Y se deprimía. No podía controlarlo. Tomaba una medicación que la ayudaba y sus padres vivían pendientes de ella. Cuando estaba mal no podía ni ir al instituto. Toni y yo la ayudábamos, aunque le costaba seguir las clases. Luego Toni enfermó.

—Y eso hizo que empeorase —aventuró Marina.

Luis asintió con la cabeza.

—Ella iba a verlo cada tarde, a Toni le sentaba muy bien su compañía. Pensaba que, en ese momento, era él quien la necesitaba a ella y se olvidó de su problema.

—Pero el problema seguía ahí.

—Hasta que nos encerraron y el mundo se le vino encima.

La vida diaria se alteró para todos, aparecieron el aislamiento, el miedo. Si antes podía distraerse de los pensamientos negativos cuando salía con los amigos, cuando visitaba a Toni o practicaba baloncesto, el confinamiento hizo que sus preocupaciones y su depresión se multiplicaran.

—¿Alguna vez habló de ello? ¿Os dijo que pensara en...?

—A nosotros, nunca. Si lo hubiera contado le habríamos preguntado qué necesitaba, si había algo que podíamos hacer o dejar de hacer para que se sintiera mejor. Pero estábamos lejos, encerrados en nuestras casas.

—¿No os veíais las caras por el ordenador o el móvil?

—Al principio sí, pero luego empezó a decirnos que no le apetecía, que no tenía ganas de hablar... Y dejó de responder a nuestras llamadas. Cuando ya podíamos salir a la calle, ella se negó a hacerlo. Cayó en una profunda crisis. Estábamos muy preocupados, yo hablaba con su hermano mayor, que me iba contando. Llegaron a ingresarla.

Marina notó que Luis temblaba, se acercó y le tomó la mano; era como si hubiera regresado, por fin, a su lado. Él reaccionó y esbozó una tímida sonrisa. No se soltaron en toda la conversación.

—¿Toni sabía todo esto?

—Cuando desapareció de las redes y de nuestras vidas, le conté que llevaba mal la situación, que me había dicho que necesitaba un cambio y que prefería conocer a gente nueva, ahora que se podía salir de casa. Vamos, que estaba un poco harta de nosotros.

—¿Y Toni se tragó esa trola? —preguntó Marina, extrañada.

—Yo creo que hizo como si se la creyera. Sabía que la salud mental de Marina no era buena, que podía estar pasando una crisis. Quizá prefirió esta explicación, bastante tenía él con lo suyo. Coincidió con la fase más dura de su tratamiento. Yo no le abandoné en ningún momento, pero sabía que echaba mucho de menos a Marina. No fui capaz de seguir en el mismo instituto al que íbamos los tres y les pedí a mis padres que me cambiaran.

—Debiste de pasarlo muy mal, con tus dos amigos enfermos.

—Me sentía muy impotente, como si no pudiera hacer nada por ellos. Un día me llamó el hermano de Marina.

La voz de Luis se quebró y empezó a llorar despacio, casi en silencio, hasta que las gafas se le empañaron. Marina se las quitó y las limpió con el pañuelo que llevaba en el bolsillo. El gesto enterneció al chico, que prosiguió con aquella dolorosa confesión.

—No me lo podía creer. Me contó, desesperado, que se había tomado una caja entera de pastillas para dormir. Se dieron cuenta demasiado tarde, cuando llegó la ambulancia...

—No hace falta que me cuentes más —dijo ella posando el dedo sobre los labios de él—. No fuiste capaz de contarle la verdad a Toni, tal y como estaba, y le dijiste que se había cambiado de instituto. Pero su hermana Elvira sí que lo sabía. Entre los dos trazasteis el plan para que yo apareciera en la vida de Luis sin que ni él ni yo supiéramos nada. ¿No pensaste que, en cualquier momento, él te nombraría o yo le hablaría de mi amigo el pianista? ¿Cuándo pensabas decirle... decirnos la verdad?

—Sabía que esto podía estallar en cualquier momento, pero os veía tan contentos a los dos... Te has portado genial con él, eres mucho mejor de lo que había imaginado. Ni tú misma sabes lo que vales.

Era lo más hermoso que le habían dicho nunca. Marina suspiró y se perdió en los ojos de Ludwig, que brillaban tras los cristales de las gafas.

—Soy yo el que lo he estropeado todo. A Toni le he contado la verdad esta mañana. Después del recreo me he ido del instituto, no aguantaba más, y le he confesado todo.

—¿Cómo está? —se preocupó ella.

—Mejor de lo que pensaba. Aunque me ha dicho que le hemos hecho sufrir dos veces, primero tenía que superar una ruptura y ahora, un duelo. Creo que se imaginaba algo. Ni siquiera sabía que me había cambiado de instituto. Lo más importante es que quiere vernos, a los dos, cuanto antes. Tenemos mucho que contarnos.

—Pues no le hagamos esperar.

37. Mi, de misión (posible)

—Tengo una noticia importante que daros.

Sandra entró en el aula de música con una sonrisa nerviosa y cargada de papeles.

—Necesito vuestro firme compromiso.

Todos la miraban expectantes, a esas alturas del curso, la mayoría se encontraba a gusto allí y dispuesto a cantar lo que hiciera falta con tal de estar juntos ese rato. Sin duda, se trataba de algo bueno.

—Tenemos la oportunidad de cantar en el auditorio, en un concierto al que iremos diversos coros de jóvenes y de adultos.

Se desató la euforia, antes de saber más detalles. La perspectiva de actuar en la sala más importante de la ciudad parecía más un sueño. Tardaron un rato en apaciguarse y en dejar a Sandra que explicase los detalles

«¿Qué vamos a cantar? ¿Cuándo es? ¿Iremos todos? ¿Cómo hay que vestirse? ¿Pueden venir nuestros padres? ¿Habrá mucho público? ¿Nos va a dar tiempo a ensayar?».

Las preguntas se sucedían atropelladamente, sin que la profesora pudiera responder.

—Calma, calma.

Luis empezó a tocar el piano, las notas de la *Quinta* de Beethoven sonaban cada vez más alto. Hasta que decidieron guardar silencio, a pesar de lo agitados que estaban.

—Ahora os lo cuento todo —suspiró Sandra—. Primero necesito vuestro compromiso, será dentro de un par de meses y necesitaremos ensayar más días. Será una misión trabajosa. Por lo menos un par de tardes más a la semana.

—¡¿Tanto?! —saltó Marina—. ¡Me parece imposible! Aunque será divertido, seguro.

Algunos, los menos, protestaron: por las tardes tenían otras actividades que deberían abandonar.

—No creo que haya problema, ensayaremos después de las clases. Esos días os traéis un bocadillo y fruta y comemos aquí. En una hora habremos acabado y luego podréis hacer todo lo demás. El resto de la tarde, libre.

Al final, todos accedieron: podía más la aventura que los inconvenientes.

—El concierto se llama «Soñadores» y reúne a más de veinte coros, con orquesta de gente joven. Lo más impresionante es lo que vamos a cantar. No os lo vais a creer: canciones de los Beatles con sinfonías de Beethoven.

—¿Estás de broma? —preguntó extrañada Marta.

—¿Cómo puede ser, mezclar la música clásica con la moderna? Eso sí que es una misión imposible —dijo Luis.

—Ya lo verás. Es un arreglo especial que ha hecho un conocido director de orquesta. Este año quiere homenajear al músico alemán y al grupo inglés.

—¿Cuándo empezamos? —urgió Roberto. La idea de cantar los temas favoritos de su padre en el auditorio le parecía un sueño, una señal de que todo iba a ir bien.

—Tranquilos. Iremos paso a paso. A ver si podemos ensayar una canción cada día y repasar las anteriores. Os pasaré los audios para que practiquéis en casa.

—¿Qué canciones de los Beatles? —quiso saber Roberto.

Sandra repartió unas partituras, la emoción se palpaba en cada rincón del aula.

—Empezaremos con *Let It Be* y *Get Back*. Primero quiero que las escuchéis por los Beatles. Espero que alguna os suene, son historia de la música, me parece mentira que haya jóvenes que ni siquiera sepan quienes eran.

—*Let It Be* era una de las favoritas de mi padre. Puede que...

Roberto no se atrevió a decir en alto que se emocionaría, que se le saltarían las lágrimas al recordar el viejo tocadiscos y los vinilos que su padre siempre conservó. «Escucha esta, es genial», le decía. Y cantaban juntos, hasta aprendérselas de memoria. Le gustaba poner la música no demasiado alta, dejar solo la luz de la lámpara de mesa, servirse una copa y encender un cigarrillo. Los fatales cigarrillos. La música sonaba de una manera especial con ese envoltorio, más suave, como si acariciase la piel. *Let It Be,* déjalo estar.

—¿Y a Beethoven? ¿Quién lo va a tocar? ¿Luis? —se atrevió a preguntar Marina.

—No, una orquesta joven pero casi profesional.

—Entonces...

—Cantaremos la *Novena sinfonía,* el «Himno a la alegría». Será el último tema: *Hey Jude* y el himno.

A Luis se le iluminaron los ojos, también él había logrado su premio: escuchar y cantar a Beethoven con el coro, con sus compañeros, en el templo de la música clásica de la ciudad.

—Habrá que pronunciar bien el inglés y el alemán —dijo Sandra.

—¿El alemán? —preguntó extrañado Roberto.

—Claro, cantaremos el himno en su idioma original: «*Alle Menschen werden Brüder*»... —cantó la profe.

Buscó la *Novena* en el ordenador y subió el volumen para que la canción sonara en cada rincón del aula.

Hubo risas y gritos de protesta.

—Imposible, ¡pero si se me da mal hasta el inglés! —se quejó Eva.

—No es una misión imposible —rectificó Marina—. Es un reto, es difícil, pero lo difícil es bello, hay que conquistarlo —habló Marina, recordando las palabras que una vez escuchó decir a su Ludwig—. Y nosotros podemos, estoy segura. Con empeño, con ganas y con ilusión.

Sandra la miró complacida; los demás, extrañados. ¿Era aquella chica la que llegaba tarde, protestaba y nada le parecía bien? Bajó el volumen del himno y les preguntó:

—Bueno, ¿estáis dispuestos o no? Aún no he dicho que sí. Tengo que confirmar nuestra participación en un par de días. Pero si no os convence...

—¡Cómo no nos va a convencer la *Novena sinfonía!* —saltó Luis—. Es un himno de fraternidad y de libertad, forma parte de la historia de la humanidad, no es solo música. Ya veréis, no puede haber mejor final para un concierto.

—Tiene razón Luis —corroboró Sandra—. La *Novena* es la coronación de la vida de un artista, una creación gigante y maravillosa. Cuando la estrenó, Beethoven se dispuso a dirigir la orquesta, pero ya estaba completamente sordo, no oía nada y movía las manos sin ton ni son. Estaba al límite de sus fuerzas.

—¡Qué pasada! —exclamó Marina.

—¿Puedo seguir contando yo? —pidió Luis poniéndose en pie y ajustándose las gafas.

—Por supuesto. Tú eres el experto en Beethoven.

—Imaginad a un sordo dirigiendo una orquesta. A pesar de la confusión que sus movimientos provocaban en los músicos y en los espectadores, no se desanimó, no dudó en intentarlo. El himno es una música que habla de libertad, de felicidad y de fraternidad. Lo que pretendía era poner música a la *Oda a la alegría* de Schiller. El estreno fue un éxito rotundo, todos los espectadores se estremecieron. «*Alle Menschen werden Brüder*»: todos los hombres serán hermanos. El teatro aplaudió, aunque él no podía oírlo, fue una ovación sin fin. Pudo ver los rostros de entusiasmo de la gente, las manos que aplaudían, la alegría. Y se convirtió en la música de todos.

—Podemos hacerlo —habló Marina, levantando la mano y haciendo la V de victoria con los dedos.

—Yo también lo creo —dijo Eva, haciendo el mismo gesto.

—Y yo —siguió Rafa.

En un momento, la clase se convirtió en un grupo de manos alzadas en señal de victoria hacia el cielo. Sandra apenas podía creer lo que veía, ya no eran unos cuantos chavales aislados y perdidos, eran un grupo, y eso les había hecho más fuertes.

—Me habéis puesto la piel de pollo. Gracias, chicos. Hoy mismo empezamos.

38. Fa, de familia (aunque no sea la propia)

Para aplacar el nerviosismo, Marina no dejó de cantar en todo el trayecto a casa de Toni. Luis la miraba por debajo de las gafas y caminaba a su lado como si no la escuchara, pero sí la escuchaba. La voz de la chica le removía algo por dentro, le sacaba de la apatía, le transportaba a lugares donde nunca había estado, le hacía ver el mundo con otros ojos, más brillantes, más optimistas. La música dotaba a Marina de un superpoder y ella no lo sabía.

—¿Crees que Toni querrá verme? —De golpe dejó de cantar y preguntó.

—¡Claro! Le has alegrado la vida, lo sé.

—Y él a mí también, me he sentido como en casa. O mejor que en la mía —rectificó—. Pero yo no soy la Marina que nunca regresará. No puedo sustituirla.

—Tienes razón y lo siento. Cuando te mandé a su casa pensaba que podría ser así. Pero tú eres tú. Tenemos que asumir que nuestra Marina se fue, que la recordaremos siempre, que vivirá en nosotros. No eres ella ni falta que hace. Tú también eres especial.

—Todos lo somos. Todos somos necesarios, como en el coro. Eso lo he aprendido este curso.

Fue Elvira quien les abrió la puerta, recibió a Marina con un abrazo reconfortante.

—Disculpa por haberte mentido —le dijo—. Ya no sabía cómo ayudar a mi hermano. Las enfermedades del alma son peores que las del cuerpo. Y Toni sufría de ambas.

A Marina no le salían las palabras, se limitó a sonreír y a devolver el abrazo. Le habría gustado tener una hermana así, que se preocupara por ella, que la abrazara, que la ayudara a sentirse en casa, en familia.

—Toni está deseando veros, hemos preparado una merienda especial.

Lo encontraron de pie, junto a la mesa del comedor, sonriente. Por un rato había abandonado la silla, sabía que podía hacerlo, solo le faltaban las ganas que sus amigos le proporcionaban.

—Verás…, yo… —balbuceó Marina intentando justificarse.

—No hace falta que digas nada. Quien debía explicarse ya lo hizo —dijo refiriéndose a Luis—. A ti solo debo darte las gracias por estar aquí, por querer ayudar a un desconocido, por ser tú misma; por volver, a pesar de todo.

—Venga, sentaos —interrumpió Elvira—. Mis padres llegarán en un rato. Quieren conocer a Marina.

La tarde transcurrió plácida, sin sobresaltos, Marina se sintió protegida, como dentro de una burbuja mágica donde nada malo te puede suceder. Cuando los padres se unieron a la fiesta, comprendió qué era una familia y deseó con todas sus fuerzas poseer un tesoro así. Quizá ella misma pudiera hacer algo para lograrlo, aunque no fuera fácil. Lo difícil es hermoso, su Ludwig tenía razón.

—Me gustaría que Toni se uniera a nuestro coro, ahora que ya va a empezar a ir al instituto. Pero alguien tendría que llevarlo a los ensayos —propuso Luis.

—No hay problema, yo me encargaré —dijo el padre—, si Toni está dispuesto...

—Yo no canto muy bien —dijo cohibido—. Y no me sé vuestras canciones.

—No hace falta ser un gran cantante para estar en un coro —aseguró Marina—. Todos tenemos algo que aportar, el grupo es lo que cuenta. Y yo me encargaré de ponerte al día, si tú quieres.

—¿Eso supone que vendrás por las tardes a casa? —preguntó Toni.

—Bueno..., todas no, las que tú seas capaz de soportarme.

—Y yo vendré con el teclado pequeño para acompañaros con la música —se ofreció Luis.

Marina aplaudió de manera impulsiva. No imaginaba mejor plan para una tarde: cantar en casa de Toni acompañados por Ludwig. El colmo de la felicidad. Y, luego, los tres juntos en el coro.

—Hay una canción que nos emociona a Toni y a mí —habló Luis—. Nos recuerda mucho a nuestra amiga, a la que nunca olvidaremos. La cantábamos los tres muchas veces. Hoy nos gustaría cantarla contigo, Marina, porque tú la vas a cantar fenomenal. Quiero que escuchen la voz tan bonita que tienes. Es el tema *Memories*. Si recuerdas, hace unas semanas te conté que era especial para mí y te prometí que algún día te contaría por qué me emocioné al oírla.

—¿Me vas a hacer cantar ahora? ¿Delante de personas que no me conocen? Me da vergüenza.

—Eres una mentirosa, tú no tienes vergüenza —bromeó Luis—. Anda, por favor. Esa canción y con tu voz... no puede haber nada mejor.

Lo dijo mirándola a los ojos, y ella no fue capaz de negarse. Aquella mirada hablaba y Marina quiso leer palabras de amor jamás escuchadas.

Empezó a cantarla bajito, temerosa, las voces de los dos chicos se unieron a la suya y sonaron como una sola, que se elevaba por encima de la realidad, de los problemas, del miedo.

Quienes escuchaban no pudieron evitar emocionarse.

39. Sol, el que sale para todos

Entrar por la puerta de actores del auditorio les producía una emoción incontrolable. Ellos, tan pequeños, tan inexpertos, traspasaban el umbral del templo de la música solo con sus humildes voces. El coro les hacía grandes, capaces de darlo todo ante cientos de espectadores.

Había llegado el gran día, casi no podían creerlo, miraban con ojos expectantes las salas de ensayo, los pasillos, la inmensidad del lugar.

El Concierto de los Soñadores comenzaba a las siete de la tarde. Habían ensayado mucho para llegar hasta allí, con toda la ilusión del mundo, entregando tiempo y entusiasmo. Querían compartir su primera gran actuación con las personas que importaban. Esperaban reconocer en el patio de butacas a familiares y amigos.

Llegaron apiñados, en grupos donde se sentían arropados, conscientes de que cada voz contaba, aunque actuasen más de veinte coros diferentes. «Si tus padres reconocen tu voz entre todas, es que no lo estás haciendo bien», les repetía Sandra. A Marina le costó asimilarlo. Había llegado al coro con la idea de convertirse en la única solista, en la voz imprescindible del grupo. Pronto se dio cuenta de que todos valían igual. A cambio, había encontrado mucho más: casi todo lo necesario para ser feliz. Antes de salir de casa, había dejado dos entradas para el concierto sobre la mesa de la cocina con un escueto mensaje: «Me gustaría veros allí».

Llegaron horas antes del inicio del concierto para ensayar con la orquesta y los demás coros. La tarde, fría y soleada, invitaba a salir y a cantar. Durante el trayecto, no dejaron de entonar los temas que llevaban bien aprendidos: por la calle, en el metro, en el autobús. Aunque el volumen de las voces adolescentes no suele agradar a los transeúntes, en este caso sonaban tan bien que incluso les aplaudieron cuando bajaron del vagón del metro en la estación de la línea 10.

Toni llegó en coche, acompañado por sus padres y su hermana. Luis y Marina lo esperaban impacientes. Del brazo de ella, sin necesidad de más ayuda, entró en el auditorio por la puerta de los artistas.

Laura convenció a su familia para que la dejasen ir en el metro con el grupo de amigos. Los días anteriores a la actuación resultaron difíciles. ¿Sería capaz de responder ante tal responsabilidad? Se sentía pequeña y ridícula. ¿Merecía disfrutar con sus amigos de una alegría semejante? La semana antes del concierto sufrió una crisis, su madre pudo evitar a tiempo que se hiciese cortes en el brazo con el cúter que llevaba en el estuche. Los dos días que faltó a clase no dejó de recibir mensajes y llamadas de Rafa, de Marta, de Eva, de Roberto. Todos se preocupaban y contaban con ella. Era ese calor lo que tanto necesitaba. Lo que echó de menos durante los malos tiempos. Solo ella misma podía salvarse, pero con amigos así a su lado sería menos complicado. La visita de Rafa, justo la tarde anterior al concierto, le regaló las fuerzas que le faltaban.

—Aún no estoy bien —le confesó—. Las crisis pueden volver a repetirse.

—Pero no vas a estar sola nunca más, te lo prometo.

Y selló su promesa con un abrazo intenso y un beso fugaz en los labios. Un temblor irrefrenable les recorrió el cuerpo.

El grupo esperaba bailando a que las puertas se abrieran. Habían inventado una coreografía divertida con el tema *Hey Jude* de The Beatles, aunque Sandra les advirtió que no podrían bailarlo en el auditorio. Lo dejarían para el concierto en el instituto.

All You Need Is Love se había convertido en la canción favorita de Roberto, Marta y Eva. Los tres sabían que en ese momento de sus vidas lo que más necesitaban era cariño, y habían logrado sentirse queridos de verdad dentro del coro y, sobre todo, dentro de ese trío extraño de personas tan diversas. El optimismo de Marta se unía a las ganas de salir adelante de Eva y a la sensibilidad infinita de Roberto. Se complementaban, se necesitaban para huir de la tristeza, del duelo, de los complejos, de las burlas de los otros, de la soledad.

Sandra los esperaba, feliz. Aquello le parecía casi un sueño, la consagración de sus desvelos, de su deseo de lograr que aquellos chavales dispersos, solitarios y olvidados fuesen algo más felices. Habían salido de su mundo estrecho y oscuro. El sol sale para todos, también para los olvidados. Ya no eran los que no contaban en el instituto, ahora eran las estrellas que cantaban en el auditorio. El sol había salido también para ellos.

Les impresionó ocupar, por fin, el escenario. Desde allí se observaba el patio de butacas aún vacío, la inmensidad del entono y el ambiente que vibraba con la música. No sabían hacia dónde mirar, impactados, incrédulos. Ensayaron con la orquesta durante más de una hora, antes del comienzo del concierto.

Escuchar a los músicos, tan cerca, y los cientos de voces unidas les provocaba una sensación nueva, apabullante.

Cuando abrieron las puertas y el público empezó a entrar, buscaron a sus familiares entre ellos. Luis enseguida reconoció a sus padres y a su hermana, que aparecieron de los primeros. Elvira y los padres de Toni se colocaron en una de las primeras filas. También estaban los padres de Rafa, los de Laura, los de Marta, la madre de Eva y el mayor de los hermanos, los otros se quedaron en casa con el padre, pues eran aún pequeños y acabarían dando la lata en el concierto. Roberto saludó desde lejos a su madre, que ocupó un asiento de la tercera fila. Era un orgullo de ida y vuelta: los padres se sentían orgullosos de sus hijos y ellos de la presencia de los padres, que los querían y los valoraban.

Marina también se afanaba en buscar una cara conocida entre el público, dudaba de que sus padres aparecieran por allí. Veía la emoción de sus compañeros y a punto estaban de saltársele las lágrimas cuando Luis le dio un codazo.

—Parece que hay alguien que te saluda desde ahí abajo.

Entonces miró y no podía creer lo que vio: su madre y su hermano agitaban los brazos para llamar su atención.

—¡Mamá! —empezó a gritar, como loca.

Hasta que Sandra la mandó callar con un gesto, estaban a punto de comenzar. Luis abrazó a Marina y le habló al oído:

—Lo ves, tu familia no es tan mala como la pintas. Si tú quieres, esto también lo podrás arreglar. No hay nada ni nadie que se te resista.

—Ahora, concentraos y disfrutad del concierto —les dijo Sandra—. No perdáis de vista al director, él nos dará las pautas. Cada voz cuenta, pero seremos una sola.

—Somos uno —dijo Marina mirando a Luis y a Toni.

Cuando la música comenzó a sonar, Sandra los miró y pasó un dedo por su brazo. La entendieron sin dudar porque, en ese momento, todos tenían la piel de pollo.

40. La, de lazos (musicales) para siempre

Habían creado unos lazos fuertes, irreductibles, forjados a base de sonidos, de música, de voces, de armonía. El último tema, la *Novena* de Beethoven mezclada con *Hey Jude* de los Beatles, los elevó por encima del escenario. Fue una sensación fuerte, poderosa, de victoria: el signo que hicieron con los dedos, alzando las dos manos, cuando acabaron, en medio de los aplausos de los espectadores. Se fundieron en una piña, saltaron y gritaron con esa sensación de triunfo colectivo que regala el hacer algo bien con los demás.

Les quedaban también los abrazos de los suyos, el que esperaba Marina más que nadie:

—Qué orgullosa estoy de ti, hija —le dijo su madre al oído, sin soltarla.

Era la mejor frase que había escuchado en años; mejor aún que cuando Ludwig le decía que era especial.

Rafa no se separó de Laura en ningún momento, por si flaqueaba, por si la inseguridad regresaba. A ella le costó convencerse de que no pasaba nada si no cantaba a la perfección, si no pronunciaba el alemán correctamente. La cercanía de los amigos la ayudó a elevar la voz sin miedo. Laura lucía esa tarde una hermosa trenza que Rafa le había hecho durante el trayecto en el metro.

Roberto sabía que, por muy alto que cantasen, por muchas voces que hubiera en aquellos coros, su padre no podría escucharle; pero una sensación de paz le inundó, como si el recuerdo fuese ahora un abrazo cálido y no un dolor intenso. Viviría siempre en su memoria junto a aquella tarde inolvidable en el auditorio.

Eva ya no sentía tan sola, tan incomprendida, hasta le daba igual que la llamasen Boli, porque ya no era la misma chica que llegó a ese coro, porque ahora sabía quién era, porque ya no agachaba la cabeza y hasta se permitía responder a quienes la molestaban: «Nadie es mejor que nadie». Marta la había ayudado, ellas dos podrían con todo, juntas. Si la llamaba, siempre respondía; ninguna amiga se había portado así de bien con ella. Marta la quería mucho, más de lo que Eva podía imaginar. Pero habría tiempo de saberlo.

Toni había encontrado un hueco entre aquellos chavales desconocidos. A las pocas semanas ya formaban parte de su vida. Marina y Luis le ayudaron a ponerse al día con las canciones. Descubrió que cantaba mucho mejor de lo que suponía y que gozaba de un excelente oído musical, pues las melodías se le quedaban a la primera. Las tardes, los tres juntos, eran lo mejor de la semana.

Aunque la vida real les esperaba fuera, con sus problemas y sus angustias, habían vencido en parte a la soledad y al miedo. Juntos se sentían invencibles, a pesar de que seguían siendo una pandilla de adolescentes indecisos, complicados e insatisfechos.

El viernes siguiente fue imposible ensayar ninguna canción, solo querían hablar del concierto, de cómo se sintieron, del vértigo de cantar en un lugar mágico, del cariño que recibieron, de lo bien que sonaba, de cuándo lo iban a repetir. Sandra estaba feliz escuchándoles, la misión del coro se había cumplido. Solo faltaba que todos continuaran y parecía que el concierto les había dado alas.

—Tengo que deciros algo —alzó la voz Rafa.

Poco a poco se fue haciendo el silencio, la profe no tuvo que mandar que se callaran.

—Yo… —dudó— he compuesto un rap sobre nosotros, sobre el coro. Me gustaría que lo cantásemos juntos, en el próximo concierto que hagamos en el instituto. No sé si un coro podrá rapear una canción, seguro que la profe sabe cómo hacerlo. Pero solo si Luis está de acuerdo. Si él no quiere…

—¡Claro que quiero! —saltó el pianista—. No me gusta el rap, pero respeto tu trabajo, y si lo has hecho tú, seguro que está bien.

—¡Queremos oírlo! —saltó Marina.

Los demás secundaron la petición. Daban palmas y repetían el nombre de Rafa.

—Espero que os guste —dijo con una timidez impropia de él.

—Os va a encantar —aseguró Laura, al tiempo que agarraba la mano del chico.

Rafa se puso en pie y comenzó a rapear:

Que nadie se crea mejor que otro.
Que el coro canta y suena un todo.
Si quieres, ven a estar con nosotros.
Nada te impide ser miembro del coro.
Siente la música codo con codo.
No tengas miedo a cantar, no estás solo.
Tú, compañero, arrima el hombro.

Si no eres soprano, serás tenor,
poco importa que no tengas voz.
Aquí se viene a cantar o no.
Si no te escondes será mejor.
Aquí se canta clásico y pop.
Y hasta rap y algún reguetón.
Verás a Marina que no está tan chiflada.
Y a Ludwig Beethoven que no dice nada.
Conoce a Laura, mi amiga del alma.
Mira a Roberto, lo bien que canta.
Eva no sabe que el mundo la ama
y mientras tanto ella nos abraza.
Marta no para, salta, corre y baila.
Sandra, paciente, nunca nos regaña
y hace de nosotros una pequeña banda.
Silencio, se canta. Silencio, se canta.
El silencio también nos rescata.
Cantar juntos nos saca de casa,
nos calma, nos sana, nos quita las ganas
de dejarlo todo, de tirar la toalla,
de morirnos despacio, de quedarnos en cama.
La música es el lenguaje del alma.
Cuando suenan las voces, nada te falta.
A coro somos uno y suena de fábula.
Te sientes grande en medio de la nada.
Silencio, se canta. Silencio, se canta.

—¡Mirad! —exclamó Sandra—. Tengo…

—¡La piel de pollo! —completaron todos remangándose la ropa y mostrando los brazos erizados.

Rieron y aplaudieron. Había que hacer planes para el concierto del instituto: el repertorio, las coreografías, el ensayo de la nueva canción... Sandra prometió componer un arreglo para el rap de Rafa, para que sonase bien en las voces de todos, aunque no sabía cómo resultaría, pues no era tarea fácil.

La hora pasó volando, como cuando eres feliz. Salieron formando los grupos habituales. Marina acompañó a Toni hasta la puerta donde su padre lo recogería para llevarlo a casa.

—¡Qué divertido el rap de Rafa! Pero no sé cómo vamos a cantarlo.

—Se podría hacer un canon con algunas estrofas —sugirió Toni.

—¿Un canon? —Marina desconocía el significado de la palabra.

—Ya te lo explicaré, consiste en...

En ese momento apareció el padre de Toni y acabó la conversación. Se despidieron hasta el día siguiente, pues el chico los había convocado para hacer una fiesta en su casa. Había que celebrar el éxito del concierto.

Luis había desaparecido. No se había quedado en la acera acompañando a Toni ni se encontraba en la puerta del instituto. A Marina le preocupó no verlo, habría salido pitando con sus largas piernas y ya no habría manera de localizarlo. ¿A qué tanta prisa precisamente ese día? El día del éxito, de la emoción, de compartir. No presagiaba nada bueno. ¿Estaría enfadado por el rap de Rafa, aunque hubiese intentado disimularlo?

Corrió en su busca, como si la vida le fuese en ello, para compensar las zancadas de su amigo. Alcanzó a verlo justo delante del portal de su casa, cuando se disponía a sacar las llaves del bolsillo.

—¡Ludwig! —gritó con todas sus fuerzas, con la voz de soprano que no debía sobresalir en el coro.

El chico se giró y, al verla, se detuvo. Marina llegó jadeando hasta él, los cien metros lisos no eran su fuerte.

—¿Por qué no me has esperado? ¿Es que te ha sentado mal lo del rap de Rafa? ¿Es que ya no quieres nada conmigo?

—Demasiadas preguntas —respondió al tiempo que posaba su mano en los labios de Marina para hacerla callar—. Tengo dudas. Quiero cantar el rap. No digas tonterías. Ahí tienes las tres respuestas.

—¡Quieres cantar el rap! ¡Qué bien! Cuánto has cambiado, Ludwig.

—No lo sabes tú bien —suspiró él.

—¿Qué dudas tienes? Yo pensaba que lo tenías todo claro en la vida.

—A esta edad no se tiene nada claro, aunque lo creamos. Tú tenías claro que no le importabas nada a tu madre y ya ves…, hasta fue a verte al auditorio.

—Es verdad. Yo tampoco me preocupaba por ella, nunca le pregunté qué quería hacer en la vida, qué le preocupaba, si era feliz… Ahora estamos hablando más. Vamos mejorando, las dos.

—Yo solo creía en Beethoven. Y ya ves, cantando rap —rio Luis, y se le empezaron a empañar las gafas.

—La música siempre es música, se llame como se llame, la cante quien la cante —aseguró Marina.

—No estoy tan seguro, pero si tú lo dices…

—¿Desde cuándo te crees lo que yo digo?

—Desde que tengo dudas, desde que siento cosas que no había sentido antes, desde que apareciste como un ciclón, desde que derrumbaste mis principios y mis miedos, desde que me di cuenta de que me gustas mucho.

Lo soltó todo sin pensar, sin respirar, sin pararse a observar cómo el rostro de ella se iba transformando, cómo brillaban sus ojos de incredulidad y de emoción.

—¿Te estás declarando? —se atrevió a preguntar—. ¿No decías que eras asexual? Pues menudo disgusto me diste ese día.

—No sé nada, Marina. Solo sé lo que siento. Y quiero probar.

¿Cómo escribir un beso? El primer beso esperado, el primer beso soñado, el beso que da sentido a todos los demás besos, el beso que no se olvida, el beso que no defrauda. No se puede explicar ni escribir. Tendréis que imaginarlo.

Música de *La música del corazón*
(en orden de aparición)

Viva la vida	Coldplay
Aún respira	Nunakat, Nina de Juan, Morgan
I'll Be Missing You	Diddy, Faith Evans, 112
Every Breath You Take	The Police
Sinfonía n.º 3 (Heroica)	Ludwig van Beethoven
Justo cuando el mundo apriete	Viva Suecia, Leiva
Memories	Maroon 5
Sinfonía n.º 9	Ludwig van Beethoven
Let It Be	The Beatles
Help	The Beatles
Hey Jude	The Beatles
Fidelio	Ludwig van Beethoven
Pa no volver	Recycled J
Cicatrices	Natos y Waor
Dime que sí	Recycled J, Natos y Waor
Changes	Tupac Shakur
Old School	Tupac Shakur
When Thugz Cry	Tupac Shakur
Juicy	The Notorious B.I.G.
Big Poppa	The Notorious B.I.G.
Hipnotize	The Notorious B.I.G.
Eso que tú me das	Jarabe de Palo
Sinfonía n.º 5	Ludwig van Beethoven
Get Back	The Beatles
All You Need Is Love	The Beatles

Puedes encontrar esta playlist en Spotify: